崔根源——

著

蓮花
化心

献予

為台灣出錢出力　犧牲生命的

志士勇士烈士

蓮花化心

目次
contents

蓮花化心　　　　　　　　7

活甲真有尊嚴

掠菜蟲

台灣詩歌的暗暝

稀微的烏暗天

第一遍牽你的手

做伙聽唱毋通嫌台灣

七銃加一刀

無免疫

約談

數念是露水

眠夢

難產

哼出聲

出日

蓮花化心

活甲真有尊嚴

　　我一直無閣收著阿兄的批，讀恁遊行的報導，有看著一小段：

　　「遊行中，有一个精神失常的少年人，踮總統府的頭前自焚身亡，經查證，少年人名做林信理。」

　　我搦(lat)絃報紙，目睭即時烏暗去，若雨水的目屎直直流，親像摔落去萬丈深坑，大聲叫喝，信理！信理！聽無伊親切的男高音，攏是我心內，陳袂煞，怨傷的脆(tshè)雷，我閣大聲喊喝，報導的記者，恁的良心佇佗位？恁的良心揹踮跤脊骿?!

　　隔工，我去共于主任請三工假，講我厝裡臨時有代誌愛趕轉去台南，于主任親像知影我的心事。

　　「玉真！妳若欲停較久，事後補假道好。」

　　到厝，章伯仔章姆仔做伙徛踮門口，我攬絃章姆仔，大聲哮，章姆仔細細聲仔：

　　「阿真，哮予夠喟，共妳悲慘的身世哮哮予出來。」

　　過有一時仔，章姆仔牽我入去厝內。

「恁章伯仔有倩人運信理的遺體轉去泰源。」

我撋頭，細聲共章姆仔章伯仔說謝。

「阿真！」章伯仔踏倚我的身邊，親像我細漢時接接聽著，伊親密的叫聲。「信理真勇敢，恁有勇敢的爸母。」

我靠倚章伯的肩胛頭，閣大聲哮。

等我哮有一時仔，章姆仔閣細聲：

「有一个信理的朋友來揣阮，講信理有留一張批，交代伊親身交予妳。」

「信理的朋友叫做啥物名？」

「王輝民。」

「章姆仔，妳緊聯絡伊來台南。」

章姆仔限時專送予王輝民，隔工過晡仔，王輝民道到位，阮請伊入來坐，伊隨撏(jîm)信理的批捘予我。

阿真：

　　鄭烈士偉大的精神喝醒我的良知，我無閣躊(tiû)躇(tû)，決定追隨伊的跤跡，延續伊勇敢犧牲生命的精神。

　　阿俊神父有共我講過怹愛蚵蓮人的革命歷史，1916年復活節的起義，康努利，五个起義領袖之一，嘛是工會的領導者，佇起義的爭鬥中，伊受重傷，

英帝國殖民政府判伊死刑，伊待袂起來，英軍硬共伊縛踮椅仔頂銃決。這個殘忍事實流轉出來，愛蚵蓮人著驚，憤慨，痛罵殖民政府的惡毒，經過三冬，三冬！1919年，天主教徒的愛蚵蓮人聯合基督教徒的愛蚵蓮人，發起愛蚵蓮人的獨立建國戰爭，1922年，英軍撤退，愛蚵蓮人建立愆的自由政府。

　　妳知影，咱爸也泰源起義予殖民政府判死刑銃決，七銃加一刀，七粒銃籽孔閣加一刀切斷血脈，已經經過較加二十冬啦，較加二十冬！台灣人猶是親像七月半鴨仔佇聽陳雷！

　　阿真！我向望我的怒火會有較濟人看著，我的信心無動搖，我拜託好友王輝民，等遊行煞才共批交予妳。

信理留言

　　我那讀目屎那滴落批紙，讀煞共予目屎滴甲澹澹的批紙抹予章伯仔，伊佮章姆仔做伙看，章伯仔讀煞，大叫一聲：

　　「英勇的信理！」

　　章姆仔共批交予王輝民，伊讀煞共批交還我，感動人的低音，叫聲：

「信理你活甲真有尊嚴！」

阮無閣交談，恬恬追念信理，向望傳承伊的奉獻。過有一時仔，王輝民徛起來佮阮相辭，講伊盈暗有代誌愛趕轉去嘉義，我送到門口，伊斡頭，低音，希望咱會閣見面。

我儑落去膨椅，睏神綴踮連日的哀哭，連日的心悶，連日的操勞的後壁，假若狗蟻仔咧趖趖規身軀，閣趖趖入去頭殼內，我手猶提牢信理的批紙，嘛趖爬甲規張批紙，目睭酸澀(siap)，隨瞌去。

我家己閣去爸也的墓地母也的新墓排踮身邊林投發甲掩掩掩堀仔底猶是規堀仔蛇四界趖彼尾蛇頭勾甲若湯匙的飯匙銃蛇殼褪較加半身嘛閣新生出來閃爍的新殼我斡一下頭湯匙仔蛇頭煞化無去換做爸也的頭殼我大聲叫爸也煞閣生出來信理的頭殼我著驚大聲叫爸也閣叫信理大聲大聲叫大大聲

「阿真！」章姆仔出力搖我的肩胛頭。「妳做啥物歹夢？」

「毋知是啥物，」我細聲應，心肝頭猶碰碰趒，無講我做的怪夢。

「眠床較好睏。」章姆仔牽我入去房間，共電火轉花。

隔日睏醒，頭一項代誌，我寫批予王輝民，講我足想

欲聽伊講信理的故事，時間若會拄好，才拜託伊來台中見面。

過晝仔，我佮章伯仔章姆仔相辭，講我干單請三工假，恁送我到門口，我請恁莫閣送，章伯仔牽絃我的手。

「阿真！我有佇讀妳寫的報導。」

我歡喜的心肝頭雀雀越，接接共伊扰頭。

「阿真！」章姆仔甜蜜的幼聲。「今㑑妳家己爾爾，妳道愛較細二咧！」

我的目屎擠出來目尾，講我踮巷仔口閘計程仔去火車頭，目屎那流那拽手，一伐仔一伐，行去巷仔口。

掠菜蟲

　　轉來台中，已經暗頭啦，簡單食一碗麵，煞落去規禮拜的工作計畫，攏是採訪省議會的新聞，已經有較加五冬的採訪經驗，我小可仔準備，想講較早歇睏咧，毋過信理的形象按怎捽道是捽袂走，我去搜(tshiau)揣出來伊彼張長批。

　　阿真！妳會記持妳轉來泰源咱的觀星光夜談，妳叫這个政府咱的國家，這个政府干單照顧您的大小官員、軍警，佮佮您掛交的買辦集團，無看顧作穡人的艱苦度日，開放美國的水果進口，台灣本地生產的水果無法度競爭，價錢大崩，您本底儉腸勒(leh)肚佇過日，即馬是度日如度年，梨山農權益會帶頭組隊去行政院請願抗議，我有去參加，三千外人蹛行政院大門口喝聲，扭白布條仔，政府官員出來回話，講您是大有為的政府欲予大家好過日，阮喝聲抗議，恁好過日，獨獨散赤阮作穡人，政府官員大聲，恁干單三千个人，恁欲代表誰人？阮抗議

閣抗議，喝聲，阮會閣來。

三禮拜後，五月二十，這遍是由雲林的農權會帶隊，駛載菜的卡車，載規車的高麗菜，三千外人欲去立法院抗議，警察早道踮立法院的大門前排隊等候，阻斷阮的抗議，阮趖去行政院、火車頭、城中分局，分局長下令掠人，破害阮的卡車，阮的怒火開始火燒，用高麗菜、石頭對抗警棍，有人受傷，有人夆收押，到暗時仔，阮分散，踮細條巷仔佮警察走相逐，阮的怒火變成陳雷公，佮警察巷戰到早起時，七十三個人受傷，一百十二個夆收押被起訴，我佮十個好友閃有離。隔日的報紙，屬辭責罵阮是台獨的陰謀份子，高麗菜的下跤暗藏規台的石頭仔。

這個政府本質毋是民主，恁是一個特權集團，妳欲唯佗位去改革？妳講愛予恁有時間，是欲予恁外濟時間？敢道愛等到，朱門酒肉臭，野有凍屍骨？孔子公講的，朽木不可雕也，改革是瞞生人目的口號。

阿真！咱是全胎做伙出世的，我有佇讀妳寫的報導，感受妳的正義感，向望妳徛阮的立場看事實，我珍惜咱兄妹仔情。

信理

閱讀信理的批，我的心肝頭有講袂出來的感覺，假若大海中的船仔失去方向，我勻勻仔共批紙园踮細塊桌仔頂，我會記持我無回伊的批，因為我毋知欲按怎回批，毋過，我以後的採訪，煞較注心省議會的農林質詢，阿兄的批親像幽靈咧，綴牢牢我的身影。

省議會的總質詢是大新聞，黨外省議員攏有準備欲佮政府官員大車拼。

省議員的質詢：成立台灣區果菜運銷公司，講是欲減少中間人的剝削，予生產者佮消費者兩蒙其利，毋過，公司強收參加拍賣的作穡人的收費，每一件裝卸費三箍，若欲閣運去別的拍賣場所，另收運費三箍，閣再加百分之三點二的手續費，費上加費，作穡人果菜賣了，偆的錢含買肥料道無夠。公司的官員，三不五時仔閣藉口貨源傷濟，拒絕收賣，作穡人無法度負擔運倒轉的運費，忍痛，規籠果菜揮掉。公司雇用的承銷商，攏是公司未成立以前剝削作穡人的行口商，遮的行口商，道是作穡人怨感的菜蟲，公司成立的目的是欲掠菜蟲，煞予菜蟲食過河，菜蟲的剝削變成合法，產銷一元化的理想，變成剝削一元化。質詢的省議員講甲動感情，作穡人是欲按怎趁錢飼一家大細？

省議員輪番質詢：糧食局好意欲解決稻仔生產過剩，撥經費無限制收購餘糧，但是各地區農會因為倉庫不足，

藉口無夠資金，拒絕收買，作穡人叫苦連天。倉庫不足毋是問題，出問題是無限制的收購，牴觸大有為政府的政策，禁止稻米出口，閣逐冬批准雜糧進口。議員質問糧食局長，糧食局長應答，小小的糧食局，權限干單按呢爾，質詢的議員大聲苦嘆，作穡人只好目睭金金看麵粉仔起價，米價直直落。

我計畫好，我欲寫一篇田家苦的特稿，踏話頭是引用議員質詢的一个牽痛心的故事。桃園縣有一个作穡人，因為糧食局強迫追討借貸，牽逼甲走投無路，看破世情，吊頭自殺。總質詢結束，我扗欲動筆，省黨部接接來電話，撥電話的官員已經知影我毋是聽話的記者，這遍毋是您的第一遍電話，您改變口氣，毋是拜託，毋是歹聲嗽的命令，是新的方法，恐嚇。

「萬一，妳寫了報導，妳就是為匪張目！」

「你們逼死農民，」我聽了起憤慨。「你們不是被匪利用？」

我無死心，特稿寫好交予于主任，隔日登報，規篇完整無斬頭斷尾，嘛無刪改，歡喜興奮，我走去辦公室共于主任說謝，于主任叫我共門關咧。

「林玉真妳好運，這遍是漏網之魚。」

我搖頭，講我毋知伊的意思。

「妳毋是問我，哪會罕得看著妳的特稿登報？」于主任的話聲變細聲。「逐遍我送去總編輯，攏予總編輯室的人食掉去。」

傷心，我細聲說謝，深深感激于主任的正義感，退出伊的辦公室，坐踮家己的辦公桌仔，興奮早道煙消雲散，哀嘆，心悶，新聞自由又閣加一層的設限，我想無報社哪會欲自動限制家己的自由？下班了，我附一張字條：信理，希望你體會有人佮你相全，真用心，真苦心；佮特稿做伙寄予阿兄。

隔二工，我有看著一條小報導：自由雜誌社的負責人，畏罪自殺。一禮拜後，收著阿兄的批。

> 阿真！我決定佮好友輝民做伙去台北參加鄭烈士的葬禮遊行，鄭烈士替台灣人爭取百分百的言論自由，勇敢自焚，伊抗議，恁掠袂著我的人，只掠著我的屍體，伊用伊寶貴的生命交換百分百的言論自由，感動我的心肺，伊勇敢犧牲生命的精神，予我認識我活落去的意義，我知影我應該做的工課。
>
> 信理

這是信理最後的一張批，我無閣收著阿兄的批，若到

更深夜靜，親像這个時陣，我會自動回想，猶留存踮頭殼內的記憶，我欲去報社報到進前，專工轉去泰源，我興奮欲共阿兄報喜，阿兄共阮的夜談，號做觀星光夜談。

　　日頭落山，烏暗閘掉天頂的星光，阿兄搬二條儉椅，一塊細塊圓桌仔，排踮阿嬤舊厝的門口埕，捾一罐小米酒佮三、四粒大大粒的釋迦，伊斟一杯細杯仔予我，家己一大杯，我小啖一喙，甜甜袂歹啉，阿兄灌一大喙，抹一粒釋迦予我。

　　──阿真！這是我家己種的，妳敢知影為啥物號這个名？

　　──我擘(peh)一塊肉，共籽呸出來，喝聲有夠甜，搖頭講毋知。

　　──妳手提的果籽敢佮佛祖的頭殼有相全？

　　──道是按呢！我食佛祖的頭殼，敢會有較敖？咱細漢時，你講你欣羨阿俊神父，我號做你是想欲做神父？

　　──國中卒業，我去讀高農，感覺做果農嘛袂䆀。

　　──你敢有去熟似阿俊神父？

　　──阿姨有共我紹介，我有佮伊通真濟批，妳敢知影伊是愛蚵蓮人？農校歇熱時，我有去桃園綴伊四界走，伊接(tsih)接做工仔人，替愻辦代誌，組織工會，妳敢知影伊

攏是講台灣話？我有去桃園二遍，每一遍攏是個外月，我真正是搪著貴人，伊袂輸耶穌基督咧，點醒我的頭殼。

——你敢猶會記持，咱細漢時，你掔我去清溪岸邊掠蝶仔，逐隻道無仝色，嬌噹噹，我伸手去掠，攏掠袂著。

——我嘛會記持，妳問我四箍輾轉攏圍懸牆的一堆厝，是誰人佇蹛？

——我會記持，我會記持。

——即馬我知影，彼是專門關政治思想犯的泰源監獄，咱爸也未死進前嘛佇遐蹛過。

——我毋捌看過爸也的面貌，細漢時捌聽母也講爸也生做真緣投，若想著爸也的身世，目屎無等候家己道流甲規喙頰，我攑頭看烏暗的天頂，有幾粒仔星光佇閃熾，我伸手去捽拭目屎，嘛捽走哀悲的回想，問阿兄伊若有閒攏佇做啥？

——我有熟似一个好朋友，伊真有見識，幫助我吸收新的知識，我真欽佩伊，我嘛四界走，參加工會抑是民主運動的活動。

——你的好朋友叫做啥物名？

——王輝民，若途合會拄好，我紹介恁熟似。

觀星光夜談了，已經過去較加五冬啦，我無閒做記

者，無閣倒轉去泰源，靠批信佮阿兄互相交心，我嘛毋捌佮王輝民見過面，想講阿兄無記心，萬萬想袂夠，阿兄紹介朋友是遮呢特別，遮呢慎重，伊用伊的生命紹介朋友，我愈想愈數念，即時動筆寫批予王輝民，拜託伊下一个禮拜日，撥時間來台中見面。

台灣詩歌的暗暝

　　王輝民來我蹛的公寓已經過晝啦，我問伊敢有食過晝？伊講佇火車頂有買便當，我叫伊小坐一時仔，我去泡一鼓茶，切一盤水果佮一碟仔炒土豆。

　　「你敢好講信理是按怎佮你熟似的？」我笑笑先開喙。

　　「講起來假若是緣份，」伊啉一喙茶，閣紲落去。「彼冬的二二八全台灣擴大盛會，踮台南的民生綠園有追思會閣有遊行，遊行時，信理行倚我的身邊，自我紹介，講伊叫做林信理，台東泰源的人，種釋迦維生，聽我的演講真感動，想欲佮我通批請教問題，我擛一張名片予伊，阮道是按呢熟似的。」

　　「阿你是講啥予伊遐呢感動？」

　　「已經過去真久啦，詳細我嘛袂記持，大約，我講咱知影真相，咱才會了解啥物叫做公義，咱毋是欲報復，有公義，咱才會較好和平共存。」

　　「毋捌聽過這款講法，真有見解，莫怪阿兄講你是伊吸收新知識的資源。」

「信理心性開朗，有上進心，阮接接通批，我嘛紹介伊真濟冊佮雜誌。」

「阿兄講伊四界走，嘛參加民主運動的活動？」

「我是台語文推展協會的會員，協會踮台南舉辦〔若歌若詩的台灣之夜〕，伊有佮我做伙去參加。」

「若歌若詩的台灣之夜是啥物？」

「講來話長，」伊停睏哺一喙土豆。「彼暝的故事，我慢慢仔講予妳聽。」

　　阮早一時仔到現場，節目猶未開始，台仔頂有五、六个人，無閒燈光裝置，音響試播，台仔跤有三、四个老歲仔坐踮樹仔跤話仙，嘛有一堆囡仔佇走相逐，阮坐咧恬恬等。九點準時，主持人致詞，報告協會的一寡仔時事，講煞共麥克交予司儀，司儀少年緣投，聲音響亮閣敖講笑詼，棚仔跤誠百个觀眾予伊弄甲喙仔開哈哈，紲落，節目開始，江湖賣葯調的七字仔，答喙鼓，棚仔跤的觀眾愈揼愈濟，拍噗仔嘛較大聲，佇噗仔聲中，一个彈月琴的女士出場，演唱〈行咱的路〉

　　　　行咱的路，行咱的路
　　　　毋管是好天亦是落雨

過去的錯誤，親像花謝落土

一場眠夢，行咱的路

行出咱的光明前途[1]

　　棚仔跤的噴仔聲接接催，司儀大聲喝我的名，我輕輕仔共信理拍一下肩胛頭，大伐道趴起去台仔頂，接過麥克，講我欲唱的歌名叫做收酒矸，未唱進前，我看一下台仔跤，信理已經大聲佇催噴仔啦。

我是十六歲的小孩，自細爸母真散，

為了生活不敢懶，每日出去收酒矸，

有酒矸，可賣否？破銅舊錫簿仔紙可賣否？

每日清早就出門，挨家挨戶去訪問，

不敢亂來四處玩，為了三餐去努力[2]

　　棚仔跤的聽眾，毋知是我的低音歌聲袂歹聽，抑是同情彼个散赤囡仔，真濟人自動佮我合唱最後的彼句：有酒矸，可賣否？破銅舊錫簿紙可賣否？恁一遍唱接一遍，我共麥克交還司儀，那扰頭那拍噴仔，一伐仔一伐，慢慢行

---

[1] 〈行咱的路〉，黃勁連詞，洪瑞珍曲。

[2] 〈收酒矸〉，張邱東松詞曲。

倒轉去信理的身邊，信理出力握我的手閣拍我的肩胛頭。

司儀喙講笑詼，手跤弄牛犁仔花，棚仔跤噗仔聲連連，月琴女士閣出場念歌謠，二條唱煞，換一个中年人大管弦獨奏，弦仔聲絲絲扣心，棚仔跤有人綴伊的弦仔聲哼七字仔。接落去，司儀大聲，即馬開放予大家念唱詩歌，話講煞，三、四个老大人隨相接跤跁起去念古詩，七字仔詩，詩聲繽紛，趣味颺颺飛，信理踮我的耳孔邊，講伊聽甲心頭瘴瘴，我共推揉鼓舞，伊笑笑，大範大範跁起去台仔頂，響亮伊的男高音。

　　若是到恆春

　　愛揀黃昏的時陣

　　你看海墘的晚雲

　　半天通紅像抹粉

　　若是到恆春

　　毋免揀時陣

　　陳達的歌若唱起

　　一時消阮的心悶[3]

---

3 〈若是到恆春〉，宋澤萊詩作。

　　我看伊麥克交還司儀，歹勢仔歹勢欲行落台仔跤，我
踏倚伊的身邊共伊扭牢咧，抾一張詩作予伊，叫伊佮我做
伙吟頌，伊綴我的低音詩聲細聲仔哼，哼一時仔，伊道用
伊的男高音伴奏我的詩聲，宏亮一聲佫一聲。

　　　　舉頭看遠遠分天頂

　　　　浮一沿烏赭紅分夜色

　　　　我知影下面是一座城市

　　　　火影佇街路流來流去

　　　　連巷仔底嘛點灼霓虹燈

　　　　閃分五彩光射來射去

　　　　射著白爍爍的女郎

　　　　佇青玻璃分厝內搖來搖去

　　　　互薰酒透濫分空氣

　　　　互儂燻甲馬西馬西

　　　　就是五通當咧火燒厝

　　　　二通嘛猶咧卡拉OK

　　　　這是袂記得運命分城市

　　　　規暝攏唱　　我無醉

　　　　親像七月半鴨

　　　　隨在我叫　　一聲佫一聲

也是鴨仔咧聽雷[4]

　　阮念煞，做伙向棚仔跤頷頭敬禮，棚仔跤是大聲接念，隨在我叫，一聲佫一聲，也是鴨仔咧聽雷，一遍接一遍，佮噗仔聲，呼(khoo)觱(pi)仔聲，喊叫聲濫濫做伙，假若是合唱團的無協和的混聲合唱，阮那扰頭那拽手，行落去後台，信理栽灌咧半罐水，喝聲，輝民！咱閣來嘉義紲落去歡喜？

　　讚！我嘛喝聲，我厝裡猶有一罐园真久的紅標米酒頭仔。

　　我看輝民講甲喙笑目笑，雙爿喙邊全全波，我一向攏是聽西洋的古典樂，毋是真趣味聽流行歌仔，若有聽，嘛是國語流行歌，罕得聽台灣流行歌仔。我無綴伊喙笑目笑，革出來一、二點仔微微仔笑，看規鼓茶攏淋礁，岯起來，閣去泡茶，斡倒轉來，輝民的喙笑猶浮佇面貌，我斟一杯燒茶予伊，想起來我猶有一个疑問。

　　「你哪會知影來台南揣我？」我閣笑笑仔問。

　　「咱雖然毋捌見過面，我早道捌妳啦，」伊燒茶那哈

---

[4]〈我叫汝一聲佫一聲〉，林央敏詩作。

那講。「信理講伊早妳無一點鐘出世，恁是龍鳳胎。」

「你敢知，阮兄妹仔未出世道佮阿母做伙坐監？」講著阿母悲慘的身世，我的心情隨變成落雨前的烏暗天。「阿母夆冤枉密告，講伊是資匪造謠，判關十二冬的有期徒刑。」

「信理嘛有共我講過，妳三歲時，章伯仔章姆仔來掔妳去台南，閣講章伯仔三不五時仔道來泰源揣恁阿姨。」

「章姆仔的喙口話，我佮恁真有緣份，章伯仔章姆仔是我這世人的大恩人。」

「信理講伊綴恁阿姨接接去共恁母也探監。」

「我嘛足數念阿母，毋過，章伯仔做生理無閒，久久仔才有掔我去面會，我會記持有一遍，我是特別拜託章姆仔掔我去……」講著我的數念，烏暗天的心情，烏雲密布，愈崁愈厚，即馬才知影，彼遍是我最後一遍聽阿母的聲，看阿母的面，我強忍牢內心的暴越，停一時仔才紲落去。「你敢知影阮阿母有大貢重巡的目睭？我看伊目睭無神，面仔閣白死漆，若僵屍咧！毋過，伊革笑面，我歡喜共伊報，一喙接一句，講我有轉去泰源揣阿姨阿兄，佮恁歡渡阿美族的八月中秋，章伯仔嘛有掔我去共爸也拜墓，閣聽阿伯講爸也的身世，講一个歡喜，厚話講袂煞，我無注意阿母的面貌，伊規面攏是目屎，著驚，我共阿母攬絚

絞，綴伊流目屎，章姆仔提醒時間到，阮分手時，阿母接接叮嚀，叫我會記持去共爸也拜墓，我大聲應好……」那講那哀傷，我的數念煞變成落大雨，想著阿母已經離開世間，我永遠袂閣看著阿母的面貌，袂閣聽著阿母的話聲，袂記我拄好熟似王輝民，干單見二遍面爾，親像我是揣著講話的人，目屎那流道閣吐心聲。「面會了二禮拜，彼一工放學了，我留踮學校佮同學蹉跎躲避球較晏轉去厝，踏入門，章姆仔牽絞我的手，目屎那流，講阿母過身去啦，我一聽，雙跤隨軟落去，坐踮土跤大聲哮，章姆仔共我攬倚伊的身軀，細聲，恁阿伯共恁阿母運轉去雲林安葬，我共恁老師請三工假，明仔載章伯仔掣咱去雲林。彼暝倒踮眠床，床頭床尾攏是阿母的面容，我大聲叫細聲哮，阿母攏無應我，我哮咧停咧，章姆仔入來房間巡幾偌暍，我毋知按怎睏去。隔轉工，阿伯掣阮去參拜阿母的墓，我徛踮阿母的墓前，牽絞章姆的手，那哮那聽阿伯佮阿母相辭：月李仔！我踮墓牌刻妳的名，陳林月李，完成妳的心願，在生恁袂凍做伙，今即馬道相伴雲遊西方…。」我親像是閣倒轉去阿母的墓前，佮阿母相辭，我的心情相全是烏暗天，我的數念稀微，驚惶，我伸手去捽拭目屎，夢醒，發覺家己的失態，歹勢仔歹勢擤頭，輝民是頭殼頷頷，伊一直攏無出聲，恬恬陪伴我數念阿母的夢遊，愈想我愈歹

勢，徛起來，細聲：「你小坐一時仔，我去洗手間。」

踮洗手間，對著梳妝鏡，洗一个面，小可仔化妝，閣照一下鏡，等一時仔，我的心情逗逗仔平靜。

「真歹勢，攪亂你的心情，」我徛踮伊的面前，細聲會失禮。

伊擛頭，無出聲。

「已經暗啦，食暗了才轉去敢好？」

「我茶水灌甲飽拄拄，」伊轉笑面。「若腹肚枵，我才踮火車頂買便當。」

我知影伊愛準備教冊，無強留，送伊去火車頭，伊行入去月台，我出力搝手，伊嘛出力搝手。

稀微的烏暗天

現實中
赫爾稀微的烏暗
天
是欲按怎看待
彩色的
眠夢[1]

輝民轉去了，紲落規禮拜，我無閒採訪新聞，無追念信理，嘛無想著輝民，閣過三、四工，煞收著輝民的第一張批，感覺新奇。

玉真小姐：

　　聽妳親身講家己不平凡的身世，真感動，妳講恁兄妹仔未出世道坐監，我聽起來感覺真特別，妳

---

[1] 〈夢〉，李長青詩作，《風聲》p31 – 32。

的話有深沈的意義，台灣夆殖民四百冬，台灣人嘛是親像未出世，道夆關踮台灣島嶼的大監獄！

我無妳傳奇的身世，毋過親像妳佮章伯仔章姆仔的緣份，佇國校仔的時，我嘛有搪著我的貴人，我六年級的級任導師，簡元明，點醒我的頭殼。

阮爸也家己的三分地，種作無夠飼規厝內，去共人租六、七分地，勉強渡過日，若搪著欠雨水抑是做大水，彼冬厝內大細腹肚道縛較絚。簡元明玉井人，台南師範畢業，對我真疼惜照顧，為著欲說服阮爸仔母予我去讀國中，阮厝行咧三、四暇，阮爸也堅持伊欠跤手，嘛無錢通予我讀冊，最後是母也出喙，講伊欲去販(phuànn)果籽踮市仔口賣，加趁幾箍銀仔相添(thinn)，爸也吐一下大喟，出聲欲讀道去讀。國中三冬，簡老師猶是佮我保持聯絡，逐冬攏有提錢予我買冊，閣提錢予我做所費，鼓勵我加讀寡毋是學校課本的冊。放學了，我猶是去田裡共爸也鬥跤手，暗時仔才有時間，綿死綿爛讀，逐暗道讀甲予母也喝去睏。

國中三年時，簡老師因為家庭的緣故，調轉去玉井，我去伊的宿舍相辭，感謝伊的照顧，歹勢仔歹勢問，老師我欲按怎還你的錢？伊共我搭一下

肩胛頭，笑笑，輝民！我無欠用遐的錢，有一工，你若有能力時，會記持共你身邊的人，抑是後壁的人鬥跤手。毋知按怎，聽著伊的話，我的目屎接接流，彼暝，我下定決心繼續上進，報考師專。

信理有共妳的報導佮特稿剪貼，阮若做伙，伊會專工紮來予我看，開始，我號做伊是欲共我展恁小妹的才華，毋過，讀幾偌遍了，煞換我家己剪貼妳的報導，最近一冬較少看著妳的特稿，敢會是報社派妳採訪啥物大新聞？祝妳

事事如意！

輝民敬上

讀輝民家己寫的身世，我嘛是心心感動，毋過我歹勢閣吐心聲，前遍吐心聲失態的餘感，三不五時仔猶是會浮踮心頭，面仔感覺紅紅燒燒，想講換寫我頭一篇特稿，獨家新聞的背景，疏開鄭絯絯的心情，閣袂失態，道動筆回批。

輝民兄：

我踮台北採訪將近二冬的教育新聞，于主任感覺滿意，共我調倒轉來台中，派我採訪省議會的

新聞。採訪省議會的新聞,是我認知新聞自由的磨鍊,大學教育是我對新聞自由的基本認識,我記牢名教授的名言,新聞自由毋是絕對的,毋是百分之一百的言論自由,言論必須體認國家的現況,避免危害國家安全佮社會福利。

省議會的質詢是採訪省議會的大新聞,彼冬各地區農會總幹事的改選紛爭不斷,閤甲百姓不滿,紛紛指責政府的鴨霸,事先我有聽著暗中的傳聞,有幾偌個黨外省議員,收集資料欲好好的質詢,我道準備欲看一場大戲,寫一篇特稿,想袂夠,質詢的前一工,我道連紲接咧誠十通的電話,攏是唯省黨部撥來的,叫我袂使報導明仔載的質詢,有的口氣是用拜託的,這是我頭一遍受著困擾,我先撥電話請示于主任,于主任一點仔道無驚惶,叫我報導寫好交予伊。大戲看煞,我用心寫報導,隔日特稿登報,我的特稿變成彼遍農林質詢的獨家新聞,登報的彼下晡,踮省議會我搪著省黨部主任委員,伊當面大聲共我指正。

「叫妳不要報導,妳就不能報導。」

「我領報社的薪水,」我嘛無退讓。「報社要我寫,我就寫。」

「我們也可以發妳薪水，叫妳不能報導，妳就不能報導。」

伊的面腔無好看，我無想欲惹事，恬恬大伐行開，事後于主任共我偷講，主任委員直接去揣總編輯。心有不甘，我暗暗去採訪二个黨外省議員，原來是省黨部早道下令各地區黨部，消滅各地區的政治派系，愆利用農會總幹事的改選，閣擴大愆的控制，毋是啥物國家安全，省黨部是為著掩崁愆的私慾，愆的祕密，祭出國家安全的金光棒。

手酸，我小可仔停睏，重讀一遍，感覺寫甲真順手真滑溜，展雄神，道閣紲手寫我採訪台北教育新聞的經驗。

報社報到一個月後，于主任派我去走台北市的教育文化新聞，于主任交予我二个人名，叫我若有啥物問題，就近揣愆請教，閣共我提醒，採訪新聞愛不恥下問，由下而上。將近二冬的採訪日子，我走過較加一百間的學校佮社教機構，我認定毋單教育局、逐間學校佮社教機構攏是新聞的來源，我嘛忠實執行不恥下問，我訪問校長、老師、家長佮學生，司機佮工友嘛是採訪的對象，了解實際問題，

體諒採訪的對象,因為按呢,我嘛結交一寡仔朋
友。將近二冬的採訪,有一條小小的新聞,一直
貼踮我的頭殼,因為彼條新聞關連政治清明人人
有責。

我袂記持正確的日子,彼一工,我去一間叫
做西門國校訪問校長,訪問煞,我去蹌一晬校園,
發現新企的圍牆,倚西爿的邊仔牆峇挖二个大洞,
不解,好奇,我斡倒轉去請教校長,校長吱吱挃
挃,親像有心事,無欲直接回答,牽引我閣深究探
查的動機。我揣著學校的工友,彼个工友無心機,
直言,原蹛踮學校的二戶違章建築,為著方便您的
出入,破牆造門。我閣去查訪彼二戶違章建築的主
人,您是出名中學的出名老師,您視校產為私產,
校長呈報教育局,教育局一直無回應。我共這條小
小的新聞交予報社、隔日登報,想袂夠,登報彼工
的下晡,教育局隨下令修復圍牆,解聘彼二个老
師。仝彼下晡,有二、三个同事來揣我講話,您的
口氣親像質問,講我報導的用辭傷過凌厲,害彼二
个老師無頭路,我想講您的質問敢會是有受人委
託?我決定無欲佮您爭辯。

　　寫到遮，憤慨的餘音接接踮心肝頭轉踅，心緒不平，毋知欲按怎共批收煞，想起來欲去報社報到時，章伯仔親切的叮嚀，想講道共家己對章伯仔的叮嚀的反省，當做這張批的收煞。

　　彼暗踮厝裡，憤慨久久袂消散，遵守法令人人有責，一直踮心頭踅玲瑯，二个人攏是為人師表，恁敢會毋知破害公物的行為後果？我照事報導，恁有無頭路是教育局的決定，佮我啥物纏代？無緣無故閣予同事質問，愈想愈感覺受委曲，記起來章伯仔的叮嚀，阿真！妳會記持愛做一個有良心的記者！較加五冬的採訪經驗，我一直袂了解章伯仔的話意，事實是外在的物件，良心是內心的感受，真實報導佮良心是欲按怎起對衝？即馬冷靜的思考，外在的事實佮內心的感受是牽連做伙，毋是分開的，敘述外在的事實需要有分寸，這个分寸敢道是章伯仔所講的良心？輝民兄，你敢會了解章伯仔的話意？你想我的分析敢有道理？

　　祝你康安！

　　　　　　　　　　　　　　　　　　玉真上

批寫好，我無隨封批，頭殼猶是閣轉踅章伯仔的話意，目睭前煞閃爍阿母行倚來，我細聲叫阿母，講期待猶是烏暗天，毋過，無閣赫爾稀微，阿母隨消失，我捼(jue)一下目睭，清醒，共批封好，決定明仔載上班順路揆入去郵筒。一禮拜後，我閣收著輝民的第二封批。

玉真小姐：

批讀煞，我喘一個大喟，原來做記者嘛無遐呢輕鬆！信理佮我有相仝的信念，阮攏相信百分之一百的言論自由，阮認為國家安全是政府控制言論自由美其名的藉口，佮妳深信政府的善意有出入。

教冊無怎做記者有輝煌的經驗，教冊是恬恬耕作的工課，上歡喜的時陣是看著樹仔大欉。國中綿死綿爛讀冊養成的習慣，予我真恰意五冬的師專教育，踮學校，主要的時間是學習教冊的方法佮技能，偆的時間道是充實家己的知識。

我踮宿舍，無閣去共爸也做小工，偆較濟時間，讀的冊有詩、小說、論文，有古代的、現代的，中譯的嘛無棄嫌，有的一讀道領會，有的讀咧三、四遍猶是揣無寮仔門，親像細漢讀三字經，只好死記，毋過讀濟了嘛感覺領會能力有較進步的款。

　　踮宿舍，同學做伙的時間加較濟，開始，大家無足熟，做伙只是討論功課，抑是講寮厝裡的代誌，一學期過了，我發覺相仝綿死綿爛讀冊的同學有五、六个，阮較接做伙，嘛會討論課外的冊，毋知啥物原因，我嘛開始學寫詩。有一遍，我提我寫的詩予您看，大家呵咾我有詩才，紲落，阮輪流討論阮的創作，氣氛假若是讀冊會咧。一冬過了，大家興趣趣講欲組詩社，嘛互相鼓舞共創作投校刊，我的創作踮校刊登載幾偌遍，詩社的同學喜稱我詩人。歇熱時，我閣去參加文藝營，觀摩別人的作品，嘛親聽大作家的指教，毋過對家己的創作猶是無夠信心。

　　卒業了，也欲教冊，也欲讀冊，也欲寫詩，真正是無閒，但是我歡喜無閒的日子。我提出勇氣共創作試投報紙的副刊，頭一遍佇報紙看著家己的詩作，真正毋知欲按怎形容彼款興奮的心情。紲落，嘛去參加徵文比賽，得過幾偌擺獎，信心增長，閣試寫論文散文投自由雜誌，雜誌的編輯無棄嫌，投稿攏有登載，寫一下久，嘛熟似雜誌社的負責人，因為雜誌社的紹介，閣參加文友的集會，佮文友交流，領會做詩人、作家的心神。寫一大堆家己的代

誌，占用妳的時間，希望妳袂見怪！
　　祝如意！

輝民敬上

　　批讀煞，我閣念批的最後彼句，希望妳袂見怪，我踮心內細聲應，我一屑仔道袂見怪，我真正是揣著講話的人啦，我閣動筆寫回批。

　　輝民兄：
　　我期待阿母出獄轉來佮阮團圓，幻滅，期待變成烏暗天，烏烏烏，不時道稀微稀微，逐日去學校讀冊是小可仔有日頭的烏陰天。
　　國校仔五年的時，換一个新來的級任導師，伊自我介紹，伊的名是朱德望，四川人，生做瘦抽瘦抽，有人緣，袂體罰學生，阮若笑伊的四川腔，伊嘛袂受氣。伊講我是班裡頭一名，選我做班長，放學了，伊若有閒，我佮副班長蔡月琴會留踮教室，聽伊講中國的囡仔古，我加捌寡中國人的故事，受伊的影響，我開始數想做中國人。
　　五年級讀煞，我猶是保持頭名，章伯仔講欲獎賞我的努力，掔我佮章姆仔做伙去看電影，暗頓食

煞，阮做伙散步去電影院，離上映的時間猶有誠十分，章伯仔叫章姆仔先掣我入去揣座位，伊欲外口等一个朋友，阮揣好座位，章姆仔共我偷講，恁章伯仔上討厭徛起來聽唱國歌，真正，國歌唱煞阮坐落去時，章伯仔才入來佮阮做伙坐，電影做煞，轉去厝裡，我笑笑仔問：

「章伯仔你哪會無愛聽唱國歌？」

「彼哪是國歌？」章伯仔小可仔歹聲嗽。「彼是蔣介石仔的黨歌。」

「踮學校，阮愛尊稱蔣總統，」我佮章伯仔辯話骨。「阮若聽演講抑是聽訓話，聽著蔣總統即時愛立正徛四正。」

「阿真！妳讀傷濟中國人的冊啦。」

「你毋是叫我愛考一百分，無讀學校的冊，我欲按怎考一百分？」章伯仔面仔歹看，無講話，行開。

我想無章伯仔哪會叫學校的冊，叫做中國人的冊？大家攏嘛愛讀學校的冊，講焦是中國人，我閣數想欲讀好的女中，出名的大學，道無閣去理會章伯仔的怨言，專心讀學校的冊，頭殼內裝滇滇中國人的歷史，中國人的地理，中國人的故事，佮做中

國人的優越感。

　　高女三冬，逐冬我攏保持二名內的成績，雖然有級任導師，我佮導師的感情無親密，顛倒佮教阮三冬的英文老師有特別感情，英文老師叫做梁雪螢，踮貴州大漢，伊講來高女教冊進前，伊是踮美國之音的廣播電台食頭路，伊有主持一个小小的節目，專門對中國廣播，伊毋捌講伊的節目攏是講啥物，我嘛毋捌問。我的英文成績攏是頭一名，予伊特別愛惜，我閣不時提我的中文創作予伊看，我毋是欲投稿，我是訓練作文能力應付考試。高一的時，梁老師逐遍攏有小可仔修改我的文章，高二的時，伊較少修改，但是每一遍攏有呵咾的批註，到高三，我填寫報考大專志願表時，我揣伊指導，伊親像胸有成竹早道替我想好勢。

　　「林玉真，妳想不想當記者？」伊笑笑，但是話聲嚴肅。「妳頭腦好，文筆清秀。」

　　我毋捌想欲做記者，恬恬聽伊解說。

　　「政府推動政策需要年輕優秀的人才，記者的工作可以替國家出力。」

　　伊的解說我嘛無真了解，我應講我考慮看覓咧。

　　梁老師報我去圖書館揣真濟出名記者的傳記，

我一本讀過一本，讀甲真趣味，我做記者的美夢，我若做記者，我訪問大人物，佮大人物交談，我若做記者，發表特別報導，出名閣眾欣羨，我若做記者，我若做記者，美夢愈做愈媠，我決定填新聞系做第一志願，提予梁老師看，伊呵咾我的決定，伊閣講欲介紹我入黨，我無認識入黨是啥物代誌，想講是將來幫助我做記者，無追問道扰頭應好。

我共填好的志願表提予章伯仔看。

「妳敢無想欲做醫生？」章伯仔親切的問。

我搖頭。

「醫生救病人，毋免插政治。」

「妳遐教讀冊，」章姆仔插喙。「妳考牢醫科無問題。」

我毋敢講梁老師呵咾我的決定，嘛毋敢講我入黨，一時毋知欲按怎應，細聲，我閣想看覓咧。

我無改變決定，聯考放榜，我以最高分考入上好的新聞系，我共章伯仔章姆仔報喜，章伯仔無受氣質問我的選擇，真嚴肅共我叮嚀，有一工，妳若真正做記者，希望妳做一個有良心的記者，我歡喜伊無受氣，心肝頭無亂亂趒，接接扰頭。

四冬的新聞系，讀甲真順序，成績排踮頭前，

真得師長的疼惜，有一个名教授閣講伊對我有偏愛，予同班同學攏對我異目相看。因為彼个名教授的推薦，隨畢業，我道予二大報社之一的中國人報聘用，真正踏入做記者的大門，開始編織做記者的媠夢。輝民兄，你會嫌我厚話袂？祝你康安！

玉真敬上

我閣共規張批唯頭到尾讀一遍，袂感覺歹勢，面仔嘛袂燒絡燒絡，顛倒是，珍惜家己的努力拍拼，嘛感覺驕傲，家己行出一條路。這是頭一遍，我揣著人聽我暗藏踮心底的心內話，第二工透早，我封批付郵。

第一遍牽你的手

　　經過個外月，我攏無閣收著輝民的批，心悶，我藉口想欲閣聽伊講信理的故事，約伊閣來台中。一禮拜後，伊回批，講伊後禮拜日，台語文推展協會的活動有朗縫。

　　假日，猶未到中畫，輝民道到位，阮客套交換禮貌上的招呼，我問伊中畫食牛肉麵敢好？伊扰頭，我掔伊去一間踮細條巷仔內的小吃部，牛肉麵出名，行到門口，頭家大聲招呼。

　　「林小姐！真久無來啦？」

　　「出外去，二碗。」

　　「隨來，小坐一時仔。」

　　輝民食甲大粒汗細粒汗，接接呵咾，我插喙，今仔日咱較早來，平常時仔食畫的時間，攏有一大堆人徛踮亭仔跤等，我的話講猶未煞，亭仔跤已經有人佇排隊，食煞付錢，我招輝民轉去厝裡慢慢仔話，較隨便清靜閣有冷氣，伊扰頭應好。

　　阮幹細條巷仔，勻勻仔散步，我毋敢接接幹頭，這

蓮花化心

遍，我有較精足看，輝民懸我三、四公分，佮信理相仝瘦抽瘦抽，毋過看著真結實，敢會是伊唯細漢道共恁爸也做小工？

伊穿插簡單整齊，面仔純純，跤步穩重，二貢目睭的目神親像中晝時仔的日頭光，直射炎熱。

「真久攏無看著妳的特稿，」輝民拍開恬恬的空間。

「久久仔才有輪著班（pān），到唇啦，」我開門掣路。「入來唇內才閣講。」

我叫輝民踮客廳小坐一時仔，我去泡一鼓烏龍茶，切一盤水果，排踮細塊桌仔頂，斟一杯燒茶园踮伊的面頭前，家己嘛斟一杯，坐踮伊的對面。

「啉茶解油氣。」我細喙仔啉，笑笑仔講。

伊扰頭，茶那啉那提起伊佮信理做伙拜訪一个文友的故事，無紲落問我報社哪會無登我的特稿，我記起來我約伊來台中，我是欲聽伊講信理的故事。

彼个文友踮桃園，踮文學界真出名，作品有詩、小說、散文佮論文，信理佮我攏有讀過彼个文友的作品，我先開喙，彼个文友聽我講煞隨插喙：

「你念的冊名攏是我的中文創作，即馬我是專心台文創作。」

「請問你的台文是使用啥物符號？」信理隨插喙。

「我踮教會讀的白話文是羅馬拼音字。」

「我使用漢字，即馬的台灣人識字率真懸，大家捌字捌目，使用漢字予開始學台文的人學著較輕可。」

「毋過有袂少台語揣無相對的漢字？」

「彼是事實，自古到今，咱毋捌台語漢字文字化，咱若接接使用，使用一下久，約定俗成，大家應該會有共同的認識。我有編一本台語文簡明字典，你會使揣轉去參考。」

「你的中文創作有真濟人佇讀，」信理無閣發問，我緊插喙。「現此時，無幾个人會曉讀台文，敢好請教你哪會欲做這款選擇？」

「我發覺，」伊慎重，小停一時仔。「語言是咱思想的媒介，是咱的文化的基本源頭，作家身為靈魂的工程師，做一个台灣人的作家，無法度使用台文創作，抑是毋使用台文創作，實在是對不起台灣，對不起台灣人。」

「一个無有家己語文的國家，只是半个國家，」信理聽甲真感動，出聲。「阿俊神父共我講過恁愛蚵蓮的這句名言。」

阮談論甲真投機，佮文友相辭了，我佮信理做伙坐南下的火車，踮車頂，信理興趣趣，講伊欲開始學寫漢字台文，叫我嘛愛開始學，笑笑，我講已經學較加一冬啦。

　　我看輝民講甲真興奮，喙角全全波，我問伊閣泡茶？伊擋講毋免，講伊啉甲飽𣍐𣍐，攑頭看時間，徛起來，講伊明仔載愛教冊，留一寡仔以後才閣講。我無消化惚的故事，我毋捌思考過台灣語文，抑是台灣文化的問題，只知影台灣話有話無字，當然嘛袂聯想，台語文佮台灣文化佮國家意識有密切的關連，我的頭殼內，國語、中國固有文化根深蒂固，我無出聲共輝民贊同，毋過，我嘛無出聲反對。

　　我欲留伊食暗頓了才轉去，伊猶是細二，講伊踮火車頂買便當，我送伊去車頭，看伊慢慢仔跁起去月台，幹頭共我捽手，我嘛共伊捽手。

　　輝民轉去了後，我家己一个人坐踮客廳，電火轉細葩，無開電視，收音機嘛放予恬恬，客廳冷冷清清，我的心肝頭嘛假若予一塊烏布崁牢咧，內底鬱卒無透風，外口霧霧霧，心悶？我細聲自問，輝民講伊佮信理的故事，無刺激無哀傷，我哪會起心悶？輝民的話攏是講愿按怎行愿的路，無問我按怎行我的路，敢是按呢，敢會是我佇向望別人的關懷？信理離開世間，敢會是我懷念信理牽引我的心悶？看著輝民親像信理再現，敢會是按呢我心悶？我是當時莩出來向望輝民的關心？心茫茫，我行入去房間，換睏衫，徛踮梳妝鏡前，鏡內的查某囡仔，面仔憂結結，我共問，嬌查某囡仔妳佇心悶啥？我無閒採訪，無寫批予輝

民，三、四工後，煞收著輝民的批。

　　阿真！我綴信理叫，妳袂受氣啦？坐起去火車頂，
我的頭殼一直無閒熾熾，妳的二蕊大貢重巡的目
睭，微微仔笑，柔蜜親像波浪，我綴波浪，一湧懸
一湧低，毋知影二點鐘遮緊道到站，轉來厝裡，佝
踮床頭，一首浮踮心頭的短詩，一遍念過一遍。

　　愛情是一張永久的車票
　　起站佮到站攏是印相仝的地名
　　叫做思念[1]

　　我念甲半暝，猶是無睏意，閣吟一首對談的詩。

　　暗暝，佮妳相并山頂
　　做夥紡織美麗的詩句
　　我　　擒捉規暝的星斗
　　送妳　在夢中　閃熾[2]

　　　　　　　　　　　　　　　　　　　　　　阿輝

[1] 〈愛情〉，林央敏詩作，《一葉詩》P64。
[2] 〈挽星織詩〉林央敏詩作，《一葉詩》P62。

　　我一遍接一遍，袂記持我念咧幾遍，毋免閣看批我嘛會曉念彼二首詩，我問心悶，妳是按怎偷走入來我的心頭？伊無應，我閣問，妳是按怎閃無去？伊嘛是無應，我問輝民，你敢是干單欲講你佮信理的故事？你敢毋是專工欲來看我？你哪會欲等甲轉去厝裡才吟唱你的思念？短短的二首台文詩句，親像厝間大的吸鐵仔，吸綴綴我的心頭，我無意閃避，徛踮梳妝鏡前，鏡內的媠查某囡仔，喙笑目笑。

　　紲落，阮接接通批，一禮拜有一封思念的批信，我的思念昇化做欣賞台文詩句，掩崁我對台語文的無知佮心疑，我約伊紲落的假日，阮做伙遊日月潭。

　　假日，人揀人，阮到日月潭時接近十一點的款，綴人去坐遊艇遊湖，輝民講伊是第一遍遊日月潭，笑嘆毋知日月潭遮呢大遮呢媠，閣綴人遊廟寺，觀賞湖中小島，聽導遊講笑詼，佮人嘻嘻哈哈較加一點鐘，中晝，揣一間細間餐廳，點一盤特產，炒一碟仔青菜，食飯配話，毋知時間緊緊仔流動。我招輝民順湖邊的路散步，輝民笑講頭久仔唯湖心看湖邊，即馬是唯湖邊看湖心，阮的跤步一伐仔一伐，慢慢仔，我勻勻仔伸手去牽伊的手，第一遍牽伊的手，十枝指頭仔相交，電流透心，心頭烘燒，頭殼升溫，無閣感覺家己的跤步，嘛無注心看綴日光變幻的湖水，

時間停止流動，空間嘛無佇轉踅，毋知行咧有外久，輝民招踮頭前的涼亭仔小歇睏咧，我才感覺二枝跤痠甲掌(thènn)腿。

踮涼亭仔小坐一時仔，我的身軀小可仔退燒，注心觀賞湖景。

「阿輝！你有看著無？」我那問手那指(kí)。

「佗位？」

「彼間皇宮？」

「湖的對面？有，有看著啦，固有文化的傳統，家天下的死頭殼，貪財霸道，踮大溪，貪著景色親像伊細漢踮過的溪口鎮，大興土木，興建伊藏身之所，企賓館，日月潭有山有水，景緻甲天下，企皇宮獨享，久久仔才來一暫，平常時仔，關咧飼蟻仔，聽講有真濟冤魂，毋願入陰間，集集做伙踮皇宮，若到暗時仔，鑼鼓聲鬧熱燒燒。」

「你哪會踅窗光？」

「有佇偷看禁冊的人，誰人毋知？」

「我毋捌看禁冊，」想起來我細漢時，去章伯仔的房間搜揣冊。「我捌偷偷仔搜揣章伯仔的冊，章伯仔講我攏讀中國人的冊，我想欲知影伊到底是讀啥物冊，有一暗，伊佮章姆仔欲出去佮朋友食暗頓，講恁會較暗轉來，叫我功課溫習了較早去睏，門關予好勢，我一時好奇，行入去

蓮花化心

章伯仔的房間，查看桌仔頂，眠床頂，屜(thuah)仔內，就是揣無有啥物冊，我知影章伯仔有佇看冊，廳裡無排冊，想講伊是藏踮房間，就是搜無。」

「妳敢有軁(nǹg)入去眠床跤，抑是扒起去天篷頂？」

「無，我無死心，問章姆仔，章姆仔講我大漢道會知，我遮大漢啦？」

「妳愛感謝章伯仔，章伯仔苦心，保護恁爸仔母的香煙。」

我知影章伯仔對我真用心，真照顧，我若佮伊辯話骨，抑是有小可仔越規，伊是受氣念二句仔，我若想欲做啥，伊一定盡力予我去做，但是，伊哪會毋予我看伊讀的冊？輝民的話暗示，偷看禁冊會有生命危險？我袂了解，愈想愈袂了解，輝民看我恬恬無出聲，問我敢是行了傷悚？招我趁早離開較袂佮人搝車，我猶浸浴佮伊做伙的美味，想欲閣坐落去，歹勢講出喙，笑笑無應，伊徛起來，我慢慢仔綴伊去坐車轉去台中，閣送伊去車頭，伊笑笑，問我敢知影嘉義嘛有真媠的湖？

「叫做啥物名？」

「蘭潭，妳若來嘉義，我掔妳去看。」

三、四工後，我接著伊的批，伊無寫啥，干單寫一首，第一遍牽汝的手的台文詩。

春寒潽潽仔的天

冷雨霎霎像結粒的露水

飄飄沈沈，慢慢輕輕

灑落翠綠的鏡面

鏡內有咱相併散步的形影

汝看見我顫動的身軀抵抗寒冷

問講：是按怎無穿較燒咧？

我講：想汝置身邊，就無去想著寒

為著證實心內有汝的溫暖

我將汝細細的手盤

提來园踮我的手蹄仔內

洶洶，兩个手盤吸稠咧

隨在嫉妒的冷風剖剝都吓放

干單柔柔軟軟的燒氣

將咱溶做春天[3]

　　我共批紙貼踮心肝頭，細聲，叫阿輝，你哪會宛仔講，第一遍牽汝的手，我的心頭微微仔笑，閣叫聲阿輝，

---

[3] 〈第一遍牽汝的手〉，林央敏詩作。

咱心心相印,第一遍牽你的手,我一直哺伊的詩句,愈哺愈出味,趕緊寫回批,講後一遍的假日,我欲去嘉義看蘭潭。

做伙聽唱毋通嫌台灣

　　我決定提早，假日的前一下晡道去嘉義，到嘉義日頭已經落海，輝民去買二个便當，伊有一台細台仔烏白的電視，阮那食便當那看電視，電視拄好佇播送台語流行歌仔，主播的小姐紹介下一條的歌曲，毋通嫌台灣，伊講毋知啥物緣故，這條歌發行時並無流行，經過二、三冬，一个出名的女歌星欲灌台語流行歌的唱片，女歌星您爸也共這條歌偷藏踮內底，閣真拄好，彼冬的金曲獎，這條歌詞得著最佳歌詞獎，主唱的歌星嘛得著歌后，因為得著二大獎，毋通嫌台灣變甲真流行，閣因為歌詞是真媠的詩作，內藏深愛台灣的感情，嘛爭收入國小、國中的課本，來，咱請台語歌星許小姐，共咱唱毋通嫌台灣。

　　歌星徛踮舞台的中央，喙面微微仔笑，小可仔搖擺窈窕的身材，媠面媠衫照甲規个舞台紅葩葩，等待伴奏樂團演奏序曲，伊一開喙，優雅的音色道一聲一聲叫醒聽眾的心頭，我毋捌聽過這條歌，目睭展大蕊，緊讀出現螢幕的歌詞。

咱若愛祖先
請你毋通嫌台灣
土地雖然有較阨
阿爸分汗，阿母分血
沃落鄉土滿四界

　　歌星唱第二拍時，輝民細聲綴咧哼，我猶是注心讀歌詞，耳孔小可仔有聽著優美的節奏。

咱若愛囝孫
請你毋通嫌台灣
也有田園也有山
果籽分甜，五穀分芳
互咱後代食昧空

　　歌星閣唱第三拍時，輝民大聲綴咧唱，我有時仔嘛綴咧烏白哼一、二聲仔，猶是注心讀歌詞。

咱若愛故鄉
請你毋通嫌台灣

雖然討趁無輕鬆

認真拍拼，前途有望

咱分幸福昧輸儂[1]

　　歌星唱煞，笑面嬌嬌，優美的手勢，勻勻仔後退，螢幕頂懸噗仔聲即時取代伊的歌聲，我綴輝民雙手拍甲紅絳絳，頭殼塞滇滇動心的歌詞節奏，輝民關掉電視。

　　「阿真，妳敢知影誰人寫的歌詞？」

　　我搖頭。

　　「蹛桃園彼个文友的出名詩作，」伊小想一時仔。「主播小姐講這條歌發行時，無緣無故無流行，妳敢知影是啥物意思？」

　　「彼个文友傷過出名？」

　　「彼个文友親身共我講過，因為伊大力推揉台語文運動，詩作閣深藏台獨意識，政府暗中阻擋流行。」

　　「一條小小的流行歌仔，哪會欲大動干戈，我袂了解？」

　　「漢民族殖民政府的文化傳統，消滅弱小民族的文化，禁止弱小民族使用家己的語言，掩崁歪曲弱小民族的

---

[1] 〈毋通嫌台灣〉，林央敏詞，蕭泰然曲。

歷史，惣美其名叫做，弱小民族的同化。」

我無出聲，伊紲落去。

「我講收酒矸的故事，予妳認識惣的一貫政策。收酒矸是阮阿叔創作的台語流行歌仔，六〇年代真流行，嘛是予政府禁唱的第一條台語流行歌。阿叔便若唯頂港轉來舊厝，阮爸也陪伊啉酒，我陪賓陪聽，酒啉過三巡，伊道自動唱收酒矸，我毋捌聽伊唱煞三拍，第一拍若唱煞，伊道擋袂牢伊滿腹的憤慨。『惣娘咧！講我的歌詞是啥物卑鄙陋劣，委靡懦弱，有傷風化，台北市政府，台灣省政府攏下令禁唱閣禁放送，閣講痟話，啥物收買歹銅舊錫簿仔紙是無意義的工課！阿若烏西騙錢道較高尚！十六歲囡仔正正堂堂，靠雙手趁錢叫做無意義？』阿叔無予我時間應話，攏是伊家己講家己回。『惣白賊話講規牛車，阿輝！你敢有想欲知影真正理由？惣無愛咱講台灣話，恁踮學校無教恁台灣話按怎寫，閣嚴禁恁講台灣話，惣欲滅絕咱的台灣話才是真正理由。』雖然是阿叔憤慨的話，事實道是事實，這是漢民族一貫的同化政策。」

「大家攏講寫同一語文，政府煞毋是較好推揀政策？」我插喙。

「無毋著，同一語文有較方便交通，但是，推行同一語文，敢有必要消滅台灣話？敢有必要掩崁歪曲台灣人的

歷史？」

我毋知欲按怎應，恬恬。

「就〈收酒矸〉佮〈毋通嫌台灣〉收著無相全的待遇來看，〈毋通嫌台灣〉是有較好的歌運，」伊自言自語，無等我的回應。「毋過，恁遭受無相全的待遇，敢干單時代無相全，時間的因素爾爾？敢無人為的因素？親像新陳代謝，蓮花化心？」

我聽袂了解伊是佇問啥，祀起來共便當盒仔收去畚坆桶，輝民去斟二碗白滾水，抹一碗予我。

「遮暗啦，妳敢有想欲去看蘭潭？」

「暗時仔，咱會凍看著啥物景色？」我笑笑仔問。

「烏天暗地，」伊嘛笑笑仔應。「妳敢有趣味看媽祖廟？」

「我看過大甲媽祖。」

「北港媽祖比大甲媽祖閣較出名，離遮無外遠，我掣妳去看。」

暗暝，無月光，電火閣無蓋光，看袂著廟寺的宏觀，毋過我猶感受會著廟埕的廣闊，阮行倚廟門，白霧霧的香煙味隨沖到鼻喉，廟內的電火有較光，人揲人，善男信女人人攑點焯的香，真歹行踅，輝民講歇睏日，人濟毋免伐跤步，自動會向前退後，阮揲咧較加十分鐘，才行倚後殿

觀仰媽祖的金身，毋單信女跪踮伊的面頭前求祈，嘛有濟
濟的善男跪咧念念有詞，我足想欲踏倚去問怹是佮媽祖陪
會啥物，無夠勇氣，徛咧四界相一時仔，唯廟頂到廟壁攏
是真金光燦燦，我閣綴輝民的尻脊後，阿閃阿揀揀出廟
門，徛踮廟埕，嗅咧幾偌分鐘的空氣，猶是歕袂散規腹肚
的香煙，輝民問我敢有看著啥？

「香煙！」我笑笑仔應。

阮轉去到厝已經將近半暝啦，輝民的厝有三間房，一
間改做客廳，一間是伊的冊房，偆一間有眠床，彼暝，我
道佮伊共眠床過暝。

隔早起，睏甲晏晏，輝民先掣我去食怹嘉義出名的火
雞肉飯，香貢貢閣有滋味。阮到蘭潭已經倚中晝，遊客人
山人海，一條陌陌的吊橋橫過一條無蓋大條的溪仔頂，我
佮輝民綴人去行吊橋，風若來橋道搖，人濟行踏無風嘛搖
甲真食力，搖甲我的心肝強欲跳出來喉口，我扭絞輝民的
手，搖咧幌(hàinn)咧，揀甲倚中央，一爿是雄界界的溪仔
水，一爿是直直直的潭壁，景色真正壯觀，觀賞一時仔，
道閣搖咧幌咧搖落去平地，阮順潭邊坎坎坷坷的小路散
步，毋敢行傷遠，行一時仔道揣一位陰涼的樹仔跤，坐咧
觀賞潭景。

輝民興趣趣解說蘭潭的歷史，我無注心聽，斡東看

西，觀南賞北，湖水湖景按怎看道俗日月潭袂比評之，毋過我猶是感受著蘭潭的特別美味，坐踮輝民的身軀邊，有毋知欲按怎形容的心情滿足，觀賞的潭景，敢會是綴我滿足的心情仔美化？我恬恬回味，輝民號做我無興趣聽伊的解說，伊閣提起伊佮信理的故事。

　　信理有閣來台南參加台語文釘根之夜，彼暗的節目真濟，有古今詩吟唱、答喙鼓、唱歌、演詩、現場叩應，活動結束時，信理講伊無閒工會的代誌，伊欲趕轉去台東，了後，阮有通批，攏是短短的報平安，阮做伙去參加鄭烈士的葬禮遊行，是阮最後一擺的做伙。彼一工，輝民無紲落去，數念占滿空間，我想著阿兄，心頭即時閣落大雨，輝民頭仔頷頷，伊追念好友，我追念阿兄，阮據在時間流失，過有一時仔，我才幹頭問伊即馬攏佇無閒啥。

　　伊講台語文推展協會計畫欲編寫台語精選文庫，總共有十二本：

　　　台灣人思想根本論
　　　台語文運動論文集
　　　台語詩一甲子
　　　台語散文一紀年

台語小說五子

台灣詩花三百蕊

台語民間文學三百冬

台灣神話傳說

眠床頭的囡仔古

台語文字化

台語入門

台語文學導讀

協會有邀請一、二十个志士，有教授，有專家，有作者，有詩人，伊講伊嘛牽邀請有著，伊有去參加二遍討論會，討論熱烈，意見真濟，編寫也讀也寫，真正是無閒燩燩。

「恁拍算外久欲完成？」我插喙。

「向望一、二冬的時間，參加的志士大家攏有頭路，時間有限，可能先編寫一部分，較閣繼續努力。」

「恁欲編寫的文庫冊是真有銷路的冊，恁敢有考慮過？」

「參加的志士攏心內有數，做無錢工，大家抱著一个單純的心願，台灣人有家己的冊通讀，毋是一世人攏讀中國人的冊。」

　　中國人的冊！我心頭掣一大越，閣一遍，我聽著中國人的冊！細漢時，章伯仔受氣講我讀傷濟中國人的冊，即馬，輝民講台灣人有家己的冊通讀，毋是一世人攏讀中國人的冊，即時，我陷入回憶的思潮，我無真了解，啥物叫做中國人的冊，但是，我無想欲佮輝民辯話骨，我的感受，輝民的話是發自伊的心肺，伊是真心的，伊是奉獻的，我恬恬追憶。

　　輝民無閣紲伊的話，我記起來于主任有留一張字條，叫我揣時間去伊的辦公室，日頭已經斜過西爿，我徛起來，講我有代誌愛轉去台中，輝民無強留，送我去火車頭，我出力共伊拽手閣拽手，無看著伊的人影，嘛閣拽一下。

　　坐起去火車頂，火車急速飛離嘉南平原，我追憶的思潮親像捽袂走的胡蠅，一遍捽過一遍，隨捽走道閣飛斡倒轉來，章伯仔責備的話，我的辯話骨，一影連一影，章伯仔毋捌閣提起這句話，我嘛毋捌閣想起這句話，較加二十冬，較加二十冬啦，我繼續讀中國人的冊，不計其數的中國人的冊，我做中國人的工課，生活踮中國人的社會，這二十外冬來，我有心喜，有滿足，有不滿，有憤慨，嘛有向望，有期待，我接接作夢，期待我生活的社會有改善，輝民講咱毋是一世人攏讀中國人的冊，我毋單心頭越袂

煞，頭殼嘛假若烏雲密布，我的向望，我的期待，佮伊的話對流對衝，親像是熾爁陳雷公，台灣人愛有家己的冊通讀，二十外冬來，我哪會毋捌去探討，思想敢毋是有濟濟無相仝的門窗？我哪會攏遵循固有中國文化？我遵循傳統文化，干單佇一扇門佇出入，開一个窗仔門佇通風，咱有頭前門，有後壁門，嘛有邊仔門，咱有圓窗，有四角窗，嘛有天窗，敢毋是？社會若有較濟扇門，咱敢是會較好出入？咱若拍開較濟的窗仔門，厝內的空氣煞毋是會較清爽？我愛提出勇氣拍開新的門窗，愛有勇氣探看門窗的外口，精足無相仝的樹木，注心無相仝的山河，盈暗到厝時，我愛隨寫批予輝民，叫伊緊寄台語文的冊，台灣人的冊予我，我欲唯頭仔學起，加緊跤步，綿死綿爛，拍開新的門窗。

七銃加一刀

　　我行入去于主任的辦公室，于主任叫我拖椅仔過來坐，嘛順手共門關咧，我隨感受著嚴肅的氣氛，于主任親像已經整理好勢。

　　「玉真！妳來報社外久啦？」

　　「較加六冬啦。」

　　「妳嘛看袂少報社的運作？」

　　「我愛學的猶真濟。」

　　「妳心內嘛有足濟的疑問，敢毋是？」于主任停睏，小想一時仔。「咱攏是報社雇用的員工，咱無百分百的裁決權，報社的頭家有伊家己的利益考慮。」

　　我無真了解伊的話意，恬恬無回應，我天真的美夢，相信，我有自由寫我看著的事實。

　　「妳捌問我，妳的特稿哪會愈少登報？」于主任唯屜仔內抽出來一大疊的新聞稿，話聲變細聲。「我替妳保管真久啦，妳提倒轉去家己保管，恁叫我毋免送過去。」

　　我伸手接過彼疊新聞稿，园踮身軀邊，傷心，憤慨，

毋敢面對于主任,停一時仔攑頭。

「于主任!這六冬來,予你疼惜,栽培,我永遠會記踮心肝內,」我的嚨喉管滇起來,閣停一時仔。「你嘛替我講真濟話,我衷心的感激,感恩。」

「玉真,報社無叫妳離職,」于主任閣唯屜仔內抽出來機票,佮工作任務。「少棒隊欲去美國比賽,妳隨隊去美國採訪怹的新聞,順紲觀光旅遊二、三禮拜仔,妳敢有想欲接這個臨時任務?」

「我有外濟時間考慮?」

「三工,任務若結束,妳轉來的時,妳的新工作,我應該會佮怹推矯好勢。」

我共椅仔捒去壁邊,手夾彼綑舊新聞稿,連聲共于主任說謝,關門,慢慢仔行倒轉來家己的辦公桌仔。坐踮桌仔邊,憨神憨神,想起來聯考時,天真,接接做記者的美夢,目睭隨閃爍母也行倚來,我細聲共叫,阿母!期待猶是烏暗天,毋過我即馬有伴,我無閣感覺稀微,阿母的身影隨消失,我接一下目睭,清醒,共桌仔頂屜仔內的物件收集好勢,提早轉去厝裡,隨限時專送予輝民,隔轉工,接著輝民的限時專送,伊講拜六下課了,伊會趕來台中。

輝民到位時已經暗暗啦,我叫伊踮客廳小坐一時仔,我共煎好的魚仔,炒好的蘿菜佮魚丸魚肚湯做伙排踮桌

仔頂。

「你敢有欲啉酒？有人送我一罐金門高粱，囥真久啦。」

「我無酒量，一小杯仔道好。」

輝民那食那呵咾我的手路，啖一喙仔高粱，細聲：「哪會遮拄好！」

「報社有預謀，」我插喙。「恁毋是臨時起意。」

「我嘛拄好接著休士頓同鄉會的邀請，」輝民搖頭。「恁邀請我佮另外二个文友，做伙去參加美國平原區的夏令營，我無閒本想無欲去。」

「真正是真拄好！」我笑出聲。

阮愈講愈興奮，伊加啉一小杯仔，我留伊過暝，阮做伙歡渡一暝。

隔工過晝，我共蔡月琴踮芝加哥的地址佮電話交予伊，約定任務若做煞，阮踮月琴仔恁兜見面，了後，做伙飛轉來台灣，伊歡喜我的安排，講伊愛佮文友聯絡，倩代課，閣款行李，欲提早轉去，我家己嘛愛無閒準備，依依不捨，送伊去坐火車。

將近有六個月啦，我攏無轉去台南，逐遍，我若佮章伯仔章姆仔分手相辭時，章姆仔攏會細聲叮嚀，阿真，妳道較接轉來咧，阮攏有歲啦，這遍，出國閣是誠個月，想

講先轉去佮您相聚一暝仔，我共準備工課放咧，道去坐火車轉去台南。我共章伯仔講我是佮少棒隊做伙去美國，章伯仔是少棒迷，今年閣是台南隊代表台灣，伊心頭大喜，招欲出去外口食一頓大腥臊慶祝，章姆仔講踮厝裡講話較方便，伊欲煮三、四項仔手路菜，章伯仔對喙問：

「妳欲煮啥？」

「煎土魠。」

「煮魷魚蒜？」我插喙點菜。

「魚脯仔炒土豆，」章姆仔笑面看章伯仔。

「按呢好，我來共彼罐高粱捾出來。」

「老的！等我菜攢(tshuân)好才啉喔！」

章伯仔高粱的那啖，魚脯仔那哺，手閣挾煎赤赤的土魠，我是魷魚蒜哺規喙，章姆仔歡喜家己的手路無失，笑微微。

「老的毋通啉遐雄！」

「罕得有一日仔好日子，二十外冬啦，一寡話囥踮心肝內，真久啦，一直揣無適當的時間，阿真無閒讀大學，無閒做記者，即馬，拄好欲出國，離開台灣，我想是上好的時陣。」

「老的！我了解，雄仔佮月李仔，你上知影想悲慘的身世。」

「恁是勇敢的台灣人。」章伯仔高粱那啖那講。

——我是黃埔軍校第一遍踮台灣招生錄取的台籍軍官，因為台籍軍官台獨案全關踮泰源監獄，雄仔是蘇東啟台獨案全掠去關，阮踮泰源熟似。雄仔敖煮食，白切雞是伊的手路菜，掌廚監獄的小吃部，是外役犯人。伊生做高強大欉，個性開朗，有一陣，我接接聽伊哼一句不成調的歌曲，你是我，我是你，我若問伊是哼啥物調，伊攏是微微仔笑，神祕，無出聲，我接接問，伊聽甲心煩，吐心聲。

——伊講伊當咧熱戀，嬌查某囡仔是泰源的阿美族，歌聲足有磁性吸引人，伊刻一粒我的面貌的芭仔，閣刻一粒伊家己的面貌，伊食我的芭仔，叫我食伊的芭仔，伊道那食那唱，你踮我的腹內生血肉，我踮你的腹內生血肉，從今以後，咱分袂清，你是我、我是你，阿章，你聽，阮的戀愛歌有嬌無？

章姆仔聽甲笑嘻嘻，插喙：「阿真，恁母也目睭大貢，重巡，閣有身材，逐遍，阮若去泰源教會揣恁阿姨，攏會聽著恁阿姨的嘆聲連連，月李仔紅顏薄命。」

「月李仔是美女，嘛因為伊傷嬌，予一個監獄的老芋仔軍官插(tshah)著中唷，」章伯仔紲章姆仔的話尾。「恁

母也當佇熱戀恁爸也，毋插彼的老芋仔，老芋仔轉受氣，恁阿姨咬定是彼个老芋去密告的。」

章姆仔共章伯仔斟酒，章伯仔啖一喙，閣紲落去。

——外役的獄友有密會，怹計畫起義，雄仔恐驚牽連著月李仔，藉口疏遠，減少伊佮月李仔踮好望角的約會，我無分派著外役的工課，事後，我有佮小吃部的獄友講過話，出獄了，我閣拜訪真濟獄友，佮獄友的親晟朋友。

——外役獄友密會的決議，過舊歷年彼一工，獄中的獨立志士，聯合警衛連的充員兵，佮願意合作的阿美族志士，欲發動台灣人獨立建國的革命起義，攻占監獄，搶奪所有的武器，兵分五路向各地區推進，強迫國民黨下台，閣決議占領電台，即時用中國話、英語向台灣，世界宣布台灣獨立宣言。

台灣人忠厚被人欺，委曲求全四百年，此時此地，阮宣告台灣獨立自主，建立台灣國，國民黨軍警閣較濟，嘛濟袂過百姓，銃炮閣較猛，嘛猛袂過百姓的怒火，願列祖列宗，保佑斯土永遠美好芬芳，保佑斯民永遠團結幸福。

　　——新正頭一工，起義的日子，佇預定發動的時間進前，因為調動衛兵出差錯，引起帶隊的老芋仔的嫌疑，起義的志士刣死彼个老芋仔，臨時發動起義，驚動監獄守衛的軍官，緊急下令關閉監獄大門，集中所有的囚犯管制，閣向各地區守衛調動軍隊增援。到彼下晡，警備總部的副司令親身坐鎮泰源指揮，下令停止囚犯的活動，全部囚犯監禁踮囚房，清除監獄四周圍的樹木，監禁警衛連的所有充員兵，改換中國兵仔守衛，派兵巡護眷區，閣組織搜索隊入山擒捕逃亡的囚犯，泰源監獄進入備戰的狀態。

　　——及時逃出監獄大門的五個獄友，佮雄仔宓踮清溪的密林內底，等到天烏，恁閃倒轉來倚監獄的烏暗所在，監獄的電火全焯，光炎炎，四周圍的樹木剉甲清潔溜溜，二个獄友偷閃轉去恁事先埋衫仔褲佮一大袋土豆的所在，幹倒轉來講衫仔褲佮土豆攏烏有去，六個人面面相觀，五喙十舌的爭論，單靠二枝步銃佮十幾粒銃籽，攻占監獄親像是雞卵搕(kap)石頭，最後擎頭的獄友，堅持保全生命閣等待時日，大家同意逃亡，二个人一組，分向無相仝的路線，互祝列祖列宗保佑，揹著心酸，氣憤，恬恬仔起行。

　　——雄仔叫伊的同伴小等一時仔，伊欲去芭仔園看一個物件，伊無講出好望角的名稱，嘛無行倚好望角，宓踮遠遠的樹林內，金金相好望角，親像有人影佇振動，伊知

影是月李佇等伊，恁有約正月初二踮好望角見面，伊極力壓牢內心的衝動，掠定心神，想講家己生死未卜，伊加看一時仔，挼拭目尾的目屎，黯然心傷，無出聲，無搖手，斡倒轉去佮伊的同伴會合。

──恁入山了後，喙礁肚枵，靠啉溪水挽野果止飢，雖然同伴互相鼓舞，嘛是補袂滇喂力的消失，恁剃光頭穿獄衫，只能暗時行動，毋捌路，閣驚野獸毒蛇，真正是寸步艱難。四、五工了後，搪著一對剒柴的爸仔囝，彼對爸仔囝看恁的形狀，半句話無講共二個便當交予恁，趕緊行開，恁想講真正有列祖列宗保佑，大聲共離遠的背影說謝。隔工，恁探問一个過路人，花蓮的路按怎行，想袂夠，彼下晡，恁歇睏的山洞道予大批的警察包圍，彼暗透暝，恁牽用大索綑縛掠倒轉來泰源。隔一、二工，恁做伙逃亡的獄友攏牽掠倒轉來泰源，急送台北警備總部，隨開庭，攏總判死刑。

章姆仔共鹹菜豬肚湯加湯滾燒，㧣(khat)一碗予章伯仔，嘛㧣一碗予阿真。章伯仔哈燒湯，問阿真：「妳敢知影恁阿伯過身去？」

「章姆仔有共我講過，」我扰頭。「我永遠會記牢伊講的阿母的故事。」

「恁阿伯叫做陳錦地，」章伯仔規碗湯啉礁。「伊俗恁爸也兄弟仔感情真好，這是伊親身共我講的故事。」

——伊聽著泰源出代誌，趕去泰源探聽實情，想欲面會恁爸也，伊毋捌半个人，泰源閣戒嚴，伊守三工，毋知恁爸也的死活，轉去共恁阿嬤騙講恁爸也無代誌。

——較加一禮拜後，恁阿伯接著恁爸也的批，講伊牽關踮台北的警備總部，已經判決。恁阿伯趕去台北面會，三十分鐘，隔一面玻璃，用電話機對講，恁爸也永前是大欉勇健，變甲白死漆親像僵屍，阿伯講伊欲倩辯護士，恁爸也搖頭，講伊無想欲上訴，阿伯想無，這遍，恁爸也哪會無想欲活落去，伊想話共伊鼓舞，三十分鐘真緊道過去，恁爸也忍牢欲流出來的目屎，叫一聲阿兄，阿母道予你家己照顧啦。

——五工後，阿伯接著警察局的通知，伊去台北收屍，目屎那流那共恁爸也換衫，精足算伊身軀頂的銃籽孔，七孔，總共有七孔，恁爸也的身體毋願死，閣牽加一刀，割斷伊的血脈，阿伯共恁爸也安裝運倒轉去雲林，村裡的風俗，踮外口斷喌袂使入村，阿伯只好踮離村莊無外遠的荒郊野外，揣一位偏僻的沙崙邊的空地，倩司公替恁爸也念經，入土，伊細聲佮恁爸也相辭。

「雄仔！咱做兄弟無夠三十冬，我了解你的心願，你向望村莊社里的人，會凍過一下較好的日子，你已經盡你的喟力啦，共你規个生命攏奉送啦，你做你安心仔行，阿娘我會孝養，等風聲較細咧，我會來重修你的墓地。」

「阿真！」章伯仔徛起來，目睭眯眯，身軀搖搖擺擺，章姆仔趕緊去牽伊的手，伊斡頭。「阿真，恁爸仔母是勇敢的台灣人，妳愛會記持揣時間，較接去拜墓。」

「我會記持，我會接接去，」我大聲應，閣接接扰頭。

章姆仔牽綴章伯仔的手，章伯仔一伐仔一伐，慢慢仔伐去房間，頭一遍，我看著章伯仔的身體無閣親像永前的硬插，變甲瘦弱，看著真正是有歲啦！恁伐到房門口，章姆仔斡頭。

「阿真，我掔章伯仔去歇睏，已經暗啦，妳嘛較早去歇睏咧。」

我扰頭，閣扰頭，目屎，一滴仔一滴滴落來喙頰，我據在目屎替我描繪我的心情，我的感受，阿爸你哪擋會牢七粒銃籽，閣加一刀？世間哪有這款遮殘忍惡毒的手段？我恐驚章伯仔的話予我的喙瀾吞無去，唯頭仔一遍溜過一遍，章伯仔講過我的身分無相全，敢會是欲共我叮嚀，我愛記持阿爸阿母的勇敢？章伯仔的心內話园踮心肝底二十

外冬，我欲共伊的話溜咧較加二十遍，章姆仔閣出來客廳，我坐咧憨神，聽著伊的叫聲，阿真！緊去睏，明仔載才有精神，我扰頭，目送章姆仔幹入去房間，我共章伯仔的話鎖踮頭殼底，毋敢開喙，恐驚喙若開，伊的話會飛走去！我袂記持是毋是已經溜咧二十遍啦，匀匀仔，一伐仔一伐，行去房間，伸手關電火。

　　隔工中晝，章姆仔炒米粉配西瓜綿湯，章伯仔食甲觸(tat)舌，我嘛贊聲，阮做伙喝好食！

　　「阿真，妳會記持共台南隊加油，怹若提冠軍，咱閣食腥臊慶祝，我有歲啦，愛睏一下仔晝咧。」

　　我閣看著章伯仔一伐仔一伐，慢慢仔伐，心頭接接趒，章伯仔真正是有較老啦，我緊綴伊的背影，大聲喝：

　　「章伯仔，我會轉來，咱做伙慶祝。」

　　我共碗箸仔收去灶跤仔，共章姆仔鬥洗碗箸，洗收好勢，章姆仔泡二甌茶，阮做伙坐踮客廳。

　　「章姆仔，我去美國會去揣月琴仔。」

　　「妳是講蔡外科怹查某囝？真久無看著啦。」

　　「伊醫科卒業，無做醫生，去美國留學，結婚，准阿蹛美國。」

　　「妳叫伊若有閒，轉來台南予阮看看咧！」

　　「阿輝嘛欲去美國，阮約做伙飛轉來台灣。」

　　「伊嘛真久無看著啦！」
　　「唯美國轉來，我會掣伊來咱兜。」
　　章姆仔講伊想欲歇睏一時仔，我佮伊相辭，捾我簡單
的行李，踏著輕快的跤步，行去巷仔口閘計程仔。

無免疫

　　少棒比賽是踮美國賓州的圍林抱竹舉行，圍林抱竹是一个風景優美的小鄉鎮，若毋是少棒比賽，無外濟人聽過這个小鄉鎮的名。我頭一遍來美國，看著的物件，逐項道稀奇閣媠，台灣隊若有比賽，我去球場看比賽，棒球是美國國家運動項目之一，囡仔的比賽毋單囡仔佇看爾，家長大人嘛鬧熱觀賽，場面袂輸台灣人，半暝仔開電視看台灣隊的比賽現場轉播。台灣隊若無比賽，我道去蹓街仔，美國的街仔路大條，路邊樹蔭陰涼，小鄉鎮的商店雖然無排啥物特別物件，看起來嘛是引人注目。

　　較加一禮拜的比賽，台灣隊若有比賽，逐場我道喝甲無聲，台灣隊有一、二个選手，看起來猶是囡仔疕，毋過看恁的承球損球，有眉有角，真正予我嘆為觀止。唯開始，我道感覺驚奇，幾佧百个人佇共台灣隊喝聲加油，看一、二場了，閣發覺共台灣隊加油的人，毋是徛坐做伙，恁分坐二月，離開無外遠，一月是攑青天白日滿地紅的旗，大聲叫喝中國隊加油！另外一月是拽綠色台灣島嶼的

旗仔，大聲喝台灣隊加油！二爿的喊喝聲攏無相讓，有時
怹的喊喝聲毋是佇共選手加油，是怹二爿的人佇互相叫
罵，中國台灣！台灣中國！我真正大開眼界。

　　台灣隊得著彼屆的冠軍，比賽煞怹去遊覽首都華盛
頓，參觀白宮，我無綴怹去，逐去紐約揣一個舊同事，遊
覽紐約市，彼個同事二冬前來紐約大學深造，伊掣我遊曼
哈坦，台北市真正佮人袂比之，我綴伊行二工，第六街，
中央公園道遑無透，想欲看的物件有夠濟，行甲跤酸，坐
踮公園的長椅仔，食紐約出名的熱狗，我本底對美國的速
食道無好感，紐約的熱狗食煞，我道毋敢閣大聲，誰人敢
講牛肉麵毋是較好食?!

　　第三工，彼個舊同事講伊的護照閣誠個月道到期，我
綴伊去紐約的中國領事館，請問申請延期的手續，伊行倚
窗仔口，一個坐踮窗仔口的查某人顧刺(tshiah)膨紗，我
的同事加問一聲，彼個查某人目睭展大蕊，歹聲嗽，妳無
目睭呢！袂曉家己讀說明書？我看我的同事掣一大越，閣
細聲，說明書囥踮佗？我毋捌看著遐歹的刺查某，行倚舊
同事的身邊，掣伊去壁角的窗仔櫥，伊提一份說明書，阮
做伙行出來領事館，欲出門口，阮二個人閣做伙斡頭，大
蕊，相一下仔刺查某的面相，踮街仔路，我的憤氣無消，
罵一、二聲歹聽話，舊同事笑笑應講，看濟看久了，咱只

好怨嘆，咱出世毋著所在！

　　我的第二个任務，是採訪踮芝加哥舉辦的世界杯跆拳比賽，我事先有略讀跆拳比賽的歷史，跆拳是南韓的國家運動的項目，您的政府拚命提倡，成績可觀逐屆道贏袂少金牌，這屆是第四屆，擴大宣傳，專工安排踮美國比賽。台灣隊多數的選手，攏是海軍士校的學生，身手攏袂嬤，有幾偌个選手有得金牌的本事，毋過，比賽全權控制踮韓國人的手，裁判是清一色的韓國人，明明台灣隊的選手得分，裁判嘛是歪判台灣選手違規，台灣隊的選手目睭金金相您的金牌飛走去，您共領隊的官員申訴，經過幾偌點鐘，領隊的官員寫袂出來一份嚴屬的英文抗議書，領事館的官員出面鬥跤手，才勉強送出一份軟弱無力，委曲求全的英文抗議書，我看甲袂做之，出聲，遐呢濟的隨隊官員，竟然揣無一个捌英文！有一个坐踮我身邊的官員隨大聲：

　　「妳吵什麼？同是中國人！」

　　我聽無伊的意思，想欲共問，伊敢是欲講韓國人同是中國人？我嘛攀無寮仔門，同是中國人，佮抗議裁判無公平有啥物關連？抑是，伊是叫我同是中國人，家醜不可外揚，毋通出聲？毋過，我記牢于主任的交代，妳是去美國觀光旅遊，莫羔有製造新聞的機會，我愈想憤氣愈袂消，

大伐行開，隔日，撥電話予月琴，我道搬去月琴愆兜蹛。

　　講著月琴，我道想起來欲去報社報到進前，我轉去台南，約伊去食摵(tshik)仔麵，鼎邊趖，罕得食一遍，阮食甲攏觸舌，閣去冰果室食水果，月琴猶佇讀醫科，講伊讀甲真悿，苦嘆，毋知影做一个醫生愛付遮大的努力，我笑笑共詼，誰叫妳愛欲蹛樓仔厝！伊醫科卒業無做醫生，無接愆爸也蔡外科診所，伊來美國留學，做基礎醫學的研究，愆翁是懸伊三、四屆的學長，研究細菌學，踮西北大學做研究教授，翁仔某恩恩愛愛，互相體貼，家庭美滿。日時仔，愆去上班，我踮厝裡趕寫報導，勤讀冊，讀踮台灣看袂著的冊，逐日，看我冊揻(mooh)牢牢，月琴道共我詼，妳猶是拚勢欲讀頭名！經過四、五工，輝民唯休士頓撥電話來，講伊拜六中晝道會到芝加哥，我期待緊佮伊見面。

　　拜六下晡，黃教授陪輝民話仙，月琴講踮厝裡講話較方便，伊家已無閒款暗頓，我欲鬥跤手，伊講伊熟跤熟手，喝我去佮黃教授做伙話仙。月琴喝聲坐桌時，我鼻著芳貢貢，桌仔頂滇滇排四菜一湯，有魚，有肉攏是台南的菜色，黃教授開一罐白葡萄酒，冰甲涼涼，伊那開罐那笑講，有酒味菜味會較芳，阮食甲紲喙，食聲比話聲閣較響亮，食咧一、二點鐘才收桌。黃教授佮輝民做伙收洗碗

箸，我共月琴鬥煮咖啡，捙甜點，阮徙去客廳繼續話仙。黃教授手捙咖啡，問我美國的觀感，我的鬱卒並無予月琴的手路菜消化去，我重複圍林抱竹觀眾加油的場面，紐約領事館刺查某的喙面，紲落去跆拳領隊官員的頭面，憤慨，聲調有較懸音，黃教授微微仔笑。

「阮已經見怪不怪啦！」

輝民無紲喙，月琴顧啉咖啡，我歹勢閣懸音，恬恬。

「踮台灣咱攏讀中國人的冊，」黃教授家己紲落去。「來美國了後，有機會讀美國人的冊，同一事件，若共中國人的冊佮美國人的冊排做伙看，美國人的冊會有無相仝的記載，開始讀，想講是作者無相仝的觀點，頭殼內只是醞釀存疑，毋過讀一下濟，毋單單一事件，規百冬的歷史，中國人的冊無相仝的記載，毋是大同小異爾爾，真濟人予良心的唆使鼓動，勇敢無閣存疑，欺騙家己，誰人是白賊無照起工講，一清二楚，留學生有袂少經驗這款拍開思想門窗的心歷歷程，您重新走揣台灣，重新認識台灣。」

輝民那聽那扰頭，我認真消化黃教授的話，猶是恬恬。

「阿真！」月琴共咖啡甌仔园踮桌仔頂。「咱唯細漢，國校仔開始，大家道夆注預防射，注預防射無用射針，您是叫咱讀中國人的冊，讀五千年的歷史，帝王思想，背中國固有的文化，阿Q的優勝法，叫咱做中國人，

講北京話（國語），袂使講台灣話，中國改名叫做大陸，中國人叫做外省人，台灣人叫做呆包（台胞），這款預防射無人號過名，我家己共號名，叫做台灣預防射，親像注感冒預防射，感冒的細菌袂閣侵入咱的體內，咱注台灣預防射，一世人「台灣」袂閣侵入咱的頭殼內，到咱大漢，電視、電台、政府的廣告，閣不時仔提醒，愛繼續注，惦恐驚預防射過期失效，有真濟人一世人忠實服從，預防射真正產生效力，惦是真真正正的免疫，惦若搪著「台灣」，頭殼袂痛，袂發燒流鼻水，嘛袂咯咯嗽，毋過，嘛有袂少人，惦體內有「台灣」的抗體，惦會照鏡，惦嘛會照水影，惦注的「台灣」預防射勻勻仔，逗逗仔，失去功效，惦若搪著「台灣」，頭殼會痛，會發燒，閣會咯咯嗽，這款人，惦無免疫，阿真！我按呢講，妳想敢有道理？」

輝民搶做頭前，呵咾兼拍噗仔，黃教授嘛綴伊拍噗仔。

「月琴！」我接惦的噗仔聲。「妳真正有才華，頭殼一流，學識滿貫，天生媠面，閣有一手手路菜。」

「阿真！妳想講妳好話四句聯，我道袂收房租飯頓錢？」月琴笑笑那啉咖啡。「妳踮阮兜，我無收費妳歹勢呢？」

大家聽甲笑嘻嘻，黃教授徛起來，講已經半暝啦，咖啡嘛冷去啦，大家歇睏休息，月琴安排輝民佮我仝房間，

我心內暗暗仔感謝月琴的體貼。

禮拜早起，月琴您翁仔某去教堂做禮拜，我佮輝民去觀賞密西根湖，密西根湖五大湖之一，大甲若海咧，阮踮沙仔頂散步一時仔，徙去一間咖啡店啉咖啡賞湖景，我共輝民傾訴心思，愈講愈絚喉，輝民恬恬據在我挨彈心聲，一時無注意伊牽絚我的手，攑頭，伊面仔嚴肅。

「阿真！佇休士頓，我有佮台獨聯盟的人見面。」

我即時收煞彈心聲。

「您有共捐款的錢交代我。」

我猶是恬恬。

「我想咱莫坐共飛機，較安全。」

我扰頭。

「我踮台北，桃園會停二、三工。」

「敢好先來台中才轉去嘉義？」

伊一聲道應好。

彼下晡，阮送伊去機場，伊飛舊金山轉坐中華航空轉去台灣，我拜託月琴掔我去旅行社改機票，閣佮伊做伙去商場，買一寡仔送同事的禮品。隔工的下晡，我坐西北航空，經底特律飛轉來台灣。

約談

我是啥人，親像海底的波浪

————————

毋是因為天色較暗淡
嘛毋是時間已經過了
傷濟年，我想
是因為你已經放袂記之
家己這兩字[1]

輝民來到公寓已經暗暗啦，我看伊的心神有小可仔驚惶，伊共行李捒去壁邊，無等我問話。

「我唯台北坐海線到清水，坐客運來東海，等公車入來市內，閣踅細條巷仔入來，較會延(tshiân)甲遮晏。」

「先食飯，停喘仔才講，」我那捒菜那講。

「佇台北桃園時，我發覺有人佇共我綴。」

---

[1] 〈家己〉，李長青詩作，《風聲》P94－95。

「敢會是你傷過敏感？」

「我看親像是有二个人佇綴換。」

「暫時莫插，你敢無考慮？」

「我答應的代誌，我愛做予四適。」

「你袂驚？」

「哪會袂驚，校長共我警告過，我早道夆點油做記號，」伊停一時仔，啉湯。「簡老師交代過的話，我永遠記踮心內，你若有能力時，會記持共你身邊的人鬥跤手。」

飯食煞，我碗箸仔收洗好勢，泡一鼓茶。

「阿真！我的直覺，假若是有人密告！」輝民茶那啉那沈思。

「敢知影是誰人？」

「我想是我真熟的文友。」

「好朋友共你出賣？」

輝民無閣出聲，我坐較倚伊的身軀邊，伊牽綴我的手，我留伊加蹛一工仔，彼暝，阮互相安慰，珍惜一暝。

隔工過晝，阮去公園散步，行甲跤酸，順紲買二個便當，我泡茶，踮厝裡食便當配茶，我共準備好的話，慢慢仔講予伊聽。

「我決定欲辭職。」

「妳有揣著較適當的報社？」伊笑笑。

　　「我決定先辭職才閣講，我嘛毋知以後欲做啥，記者的美夢，較加六冬的記者生涯，美夢親像海市蜃(sīn)樓，我欲重新編織新的美夢。」

　　「真好！敢知影新的美夢是啥？」

　　「我若共代誌交代好勢，我去嘉義佮你做伙蹛？」

　　伊徛起來，行倚我的身軀邊，牽綴我的雙手，情意滿面，細聲：「咱有緣份，咱手牽手做伙行，這敢是妳的新夢？」

　　我聽甲心喜，興奮一牛車，準備好的話流到喙口，煞綴喙瀾閣吞落腹肚內。

　　「妳若來嘉義，咱做伙去公證結婚。」伊猶是共我的雙手牽綴綴。

　　我靠倚伊的身軀，伊共我攬綴綴，我嘛共伊攬綴綴。

　　輝民轉去嘉義了，我送辭職書予于主任，于主任講伊有新的工作計畫，叫我考慮幾工仔，我應講我袂改變決定，伊送我行離辦公室時，猶是好意叫我考慮，我真心共伊說謝，慢慢仔行開。

　　我心情輕鬆，趕緊寫批予輝民，講大約閣五、六工的時間，我的雜事道會處理好勢，我問伊敢好共我一部分的行李先託運寄去您兜？我無閒處理雜事，毋過心心等伊的回批，過咧四、五工，猶是無收著伊的回批，我的心頭

親像予大片烏雲罩牢咧，輝民的回批毋捌拖時間，我的目睭皮嘛鄖鄖掣，我自我安慰，伊有較加三禮拜無上班，伊佇無閒補課，無閒雜事，閣加等一、二工仔，我道會收著伊的回批，到第八工，我收著一封唯嘉義寄來的批，我看毋是輝民的筆跡，心頭的烏雲愈飛愈緊，愈崁愈厚，烏烏烏，我的手鄖鄖掣，拍開批。

　　林小姐：

　　　　我是輝民的小妹，阮阿兄四工前，陳屍恁學校辦公大樓的樓仔邊，透早予學生囡仔發現，警察驗屍，講是死者無小心唯二樓摔落去，無他殺嫌疑，通知阿爸去領屍，阿爸共阿兄火葬，骨灰园踮蓮花塔二樓15號。

　　　　阿爸氣怫怫，無相信臭警察的痟話，伊毋知欲按怎替阿兄申寃，大聲操臭警察仔，阿輝自細漢道是真有骨氣的囡仔，伊毋是軟跤蟹，一定是恁臭警察仔約談時，阿輝無落軟，予恁刑求甲死，我相信阿爸的抗議，但是，我嘛是毋知欲安怎替阿兄申寃。

　　　　我去整理阿兄的遺物，伊的客廳，伊的冊房，伊的房間，拳搜甲天翻地反，毋是著賊偷的形，一

定是臭警察仔來搜搦物件，明明白白，阿兄是拳刑求致死。

　　阿兄唯美國轉來，親像是有神明共伊託夢，伊來搦我講話，講伊若有三長二短，交代我一定寫批予妳，林小姐！阿兄無講怎的交情，但是我聽會出來阿兄深深的心意，妳道毋通傷心過頭，我的目屎流袂煞，我欲收筆啦。

王彩雲

　　我的手搦綴綴彩雲的批紙，一手貼踮心肝頭，心頭親像熾爐陳雷公，我愕(gāng)去，暈(ūn)落去，目屎一滴接一滴，假若雨絲，滴落喙頰，滴落身軀，滴落土跤，毋是傷心，毋是哀怨，我傷心哀怨的目屎，共爸也拜墓，共阿母送葬，共信理辭別，已經流礁去啦！

　　共爸也拜墓了，我頭一遍做怪夢，看著飯匙蛇頭勾甲若湯匙咧，信理自焚犧牲，我做第二遍的怪夢，蛇頭猶是勾甲若湯匙仔咧，有時化做爸也的頭面，有時是信理的頭面，這個時刻，我搦綴彩雲的批紙，哀傷輝民拳刑求致死，我欲佮輝民手牽手做伙行的美夢，閣再破碎，我無做怪夢，目睭閃爍的是，輝民光炎炎的目神，蛇殼已經褪離離，蛇頭慢慢仔佇展現飯匙形，假若雨絲的目屎，滴落我

的心頭，親像是雨點滴落湖中的蓮葉，無淡散，凝聚，化成燦爛的淚珠，粒粒串連，無驚惶，無稀微，編織我的新夢，編織勇敢，毋驚犧牲生命的台灣人的故事。

我決定先去嘉義佮輝民拜別，我去蓮花塔二樓15號，我共輝民點香敬茶，香煙一絲仔一絲箍絃輝民的遺像，牽絃阮的恩愛，阮的思念，我細細聲仔，阿輝，我原想咱公證結婚時，才共你報喜，千想萬想想袂夠，我欲共你報喜，煞變成佮你永遠辭別訴苦的心願，阿輝！我的腹肚內有你的骨血，我會共咱的囡仔育飼大漢，阿輝！我嘛會承續你的心願，台灣人有家己的冊通讀，我欲接力寫台灣人的故事。

我徛咧出神，無閣話別，出神，真久，真久，目睭閃燁輝民親像日頭光直射的目神，我細聲閣叫阿輝，我會接接來看你。

數念是露水

　　我先共行李交予鐵路託運轉去台南，隔工含淚離開
蹛較加六冬的公寓，坐踮車廂靠窗仔邊的座位，新的夢綴
火車飛落南，到彰化時，有一个老阿伯來坐我的身邊，伊
好禮問我欲去佗位？我應講欲轉去台南，伊講伊是欲去高
雄顧孫仔，我無注心聽，伊假若講悠後生新婦佇夜市仔做
生理，我的目睭看窗仔口，無注心窗仔外的景色，踮頭殼
內慢慢仔描繪，新夢的夢境，毋是天頂的仙景，毋是世外
桃源，是期待的堅持，是向望的結實，逗逗仔，逗逗仔描
繪，我的頭殼靠倚窗仔垺，目睭慢慢仔瞌去。

　　章伯仔慢慢仔行倚來接接共我拽手我歡喜大聲叫章伯
仔伊猶是接接拽手無應我我閣大聲共叫伊猶是無應我伊停
一時仔慢慢仔行開那行那拽手伊行離我愈遠我也叫也拽手
伊無拽手行入去烏暗規身人予烏暗食無去我著驚大聲叫大
聲大聲叫章伯仔

　　「妳親像是夢著誰人的款？妳叫甲真大聲。」我睨開
目睭，老阿伯輕輕佇搖我的肩胛頭。我共扰頭。

「敢是發生啥物傷心代？」

「阮翁拄好過身。」我毋知我才會無講我是夢著章伯仔。

「妳敢是講欲到台南？已經過永康啦。」

我細聲共老阿伯說謝，徛起來，捾行李，勻勻仔，行去車廂的門口等落車。

到厝，踏入門，我大聲叫章姆仔，我轉來啦，客廳暗嗦嗦，平常時仔攏是電火光龐(phiāng)龐，章姆仔一伐仔一伐，慢慢仔行過來。

「章伯仔無佇厝裡？」

「阿真！」章姆仔先牽絚我的雙手。「恁章伯仔過身去啦，妳拄好去美國，我無想欲予妳煩惱，無共妳通知。」

我無等章姆仔講煞，出聲哮，想著踮車頂的眠夢，章伯仔知影我轉來，伊專工來車頂佮我相辭，我愈想愈傷心，愈哮愈大聲，雙跤跪踮紅閣桌前，對著章伯的靈位，伊的遺像，那哮那辭別，章伯仔！你三十冬的照顧疼惜，你三十冬的教訓，我是欲按怎報答你，你才會無等我，咱做伙慶祝台南隊提著冠軍，我放聲大哮，章姆仔嘛傷心，佮我跪做伙哮，足久，足久，章姆仔才牽我起來。

「阿輝枉死去，章姆仔！」我閣哮出聲。

「阿真，我知影，我有收著妳的批。」

「我有伊的骨血，我欲共囡仔育飼大漢。」

「過身前，恁章伯仔有交代，」章姆仔拭目屎，停一時仔。「大部分的財產欲留予妳，我有倩代書辦理過戶的登記。」

「我想欲揣一位仔較清靜的所在。」

「我已經有佮開元寺的住持講好，我欲踮開元寺食菜念經，過一下清靜的餘年。」

「章姆仔妳毋佮我做伙蹛？」

「阿真，毋免啦，妳若有閒，較捷來開元寺揣我。」

我牽絚伊的雙手，接接應好，講我會接接去揣伊，伊的手共我愈牽愈絚。

我委託房地產經紀人替我揣厝，一禮拜後，經紀人報我去看一間佇台江較倚海的公寓，近海邊環境清優，價數商談好勢道成交，經紀人講是空厝，我會使先搬入去蹛，伊欲倩人清潔拼掃，閣替我辦登記的手續，我共伊說謝，等伊的通知搬厝。

搬厝，家己一个人蹛，思念，心悶，思念阿輝捽袂走，我去反出來伊寫予我的批，一張讀過一張，愈讀愈思念，有一封，伊有抄一首數念是露水的詩歌，我讀了閣再讀，暗記起來。

天頂的星靜靜閃熾

有時留戀世間，

置土跤飛來飛去，

啊！茲呢溫純的暗暝！

荒郊野外的一葩燈，

親像伊，照光流浪的行程。

銀河的水流過田墘，

月娘沈落大埤，

置水面搖動銀片，

啊！茲呢甜蜜的暗暝！

噯著頭毛的風輕輕，

親像伊，吹阮燒燒的心靈。[1]

逐工，我透早提出來念一遍，暗頭仔閣念一遍，逗逗仔，心情平靜落來，我開始動筆，寫台灣人的故事，逐工寫咧一、二千字，日日的生活，思念，清靜，無風湧。

相全的日子，過咧二、三禮拜，有一工，我寫到一段落，停睏，行出來門口埕，散步，散心，看著一个老查某

---

[1] 〈思念的夜曲〉，林央敏詩作，《胭脂淚》P253 – 254。

人揹一个菜籃仔，行倚來，面仔慈祥，喙仔笑笑。

「妳欲揣誰人？」我笑笑共問。

「我蹛佇妳的隔壁。」

「我號做是無人蹛，我搬來強欲一個月啦，攏無看著人。」

「我去台北揣阮後生，蹛較加一個月，昨方才轉來，我叫做秀鳳仔。」

「我叫做林玉真。」

「林玉真？」

我扰頭。

「妳佮彼个做記者的林玉真，敢是相全人？」

「相全人，我無做記者啦。」

「我有讀妳寫的報導，真恰意。」

「即馬我佇寫小說。」

「妳若出冊，愛共我通知，我欲去買來讀。」

「真多謝。」

「我有買一尾白鯧，下晝我煮白鯧米粉，妳道過來做伙食。」

「按呢敢好？」

「咱是好厝邊，毋通細二。」

我佮鳳嬸仔是好厝邊，嘛變做好朋友。

眠夢

　　日頭斜過窗仔門，我斡頭閣讀我面頭前的稿紙，幾偌
喙，毋過，我讀袂了解我是欲寫啥，筆囥咧，伸手去搓圓
滾滾的腹肚，囡仔假若佇振動，我細聲共講，你道閣加等
一時仔，收煞，故事的收煞猶寫袂四適，我攑頭看桌仔跤
的紙籠仔，鄭甲一丸一丸的稿紙強欲跳出來籠仔墘，較加
二禮拜啦，袂記持是寫過外濟遍無相仝的收煞，無一遍，
感覺滿意，我伸一下仔勻，腰酸酸仔痛，想講徛起來行行
咧，看會較輕鬆袂。

　　我行倚窗仔邊，路邊迌幾偌欉松柏仔袂振袂動，嘛
無看著半个人影，斡倒轉來桌仔邊，猶是無靈感，閣行去
窗仔口，閣斡轉來桌仔邊，一喙過一喙，頭殼內猶原空
空空，雙手扶(phôo)托(thàng)強欲倒摔向的酸腰，行倚床
頭，偃踮床頭，酸痛小可仔疏開，目睭瞇瞇仔瞌去。

　　天頂規粒天頂哪會光炎炎我算袂出來是有外濟太陽花
神恁挃挃做伙花光艷麗親像是佇慶祝大節日花光笑影一湧
湧過一湧真久真久攏無拆散我看著一个花神閃到雲邊探看

雲跤的世間伊注心觀察一時仔搖頭一時仔扰頭過有一時仔
接接扰頭閣佮伊身邊的神友拽手親像是相辭伊起動火焰花
光投射世間投射神速無一目睨仔道飛到我的公寓我著驚接
接喝聲叫救人伊親像無聽著我的叫聲閃倚我的床頭我驚甲
魂不附身喝聲連連伊煞閃無去我的腹肚隨綴咧絞痛痛甲擋
袂牢也驚也痛我伸手去扶托腹肚傷過出力煞痛醒起來

　　我捽拭額仔頂的冷汗，絞痛猶是連連，我無時間去回
想眠夢，想講敢會是時間到啦，囡仔無欲閣等落去，我忍
痛，爬落眠床，一伐仔一伐，慢慢仔搖擺去隔壁，大力弄
門，鳳嬸仔！鳳嬸仔！我阿真啦，鳳嬸仔開門，我看伊驚
一趒，我沁(tshin)汗接接流，大聲喘喟，雙手扶托腹肚，
伊喝聲，阿真免著驚，雙手牽扶我倒轉去房間換衫仔褲。

　　鳳嬸仔叫我小坐一時仔，伊欲撥電話予阿吉仔，叫伊
駛計程的來載，過咧五、六分鐘，鳳嬸仔聽著門口有車的
喇叭嗶三、四聲，共我牽扶咧，我指床邊彼个手袋仔，伊
會意知影彼是我跐診所欲替換的衫仔褲，順手捾落去，阮
坐起去車頂，鳳嬸仔隨喝聲，趕緊駛去台一診所。

　　護士阿英仔佮鳳嬸仔佮我攏有熟似，伊特別安排二樓
窗仔邊的房間，清靜，伊量我的體溫，血壓，聽我腹肚的
動靜，閣巡看身軀，細聲，阿真，情況穩定，李醫師即馬
當佇接產，接產了伊會親身來看妳，閣講伊嘛真無閒愛出

去一時仔，叫我毋通煩惱，行到門口，我看伊共鳳嬌仔挽手，細細聲仔，伊交代鳳嬌仔愛會記持，用溫面巾拭我額仔頭的汗珠仔，用澹布仔搵(ùn)我的喙唇，絞痛時愛叫我歕(pun)風。

我親像有睏去，瞇瞇仔，我有看著李醫師行入來房間，伊先共鳳嬌扶一下頭，鳳嬌仔細細聲仔，講我有睏一時仔，李醫師讀阿英的報表了，才勻勻仔共我搖醒。

「林小姐，妳的面色真好，妳感覺按怎？」伊笑笑。

「痛甲真利害，」我的喙角革出來文文仔笑。

李醫師扶頭無出聲，用聽診器聽我腹肚的動靜，雙手輕輕仔試幾个腹肚的部位，閣檢查我下部的開口，伊才慢慢仔解說。

「妳的水袋仔已經破啦，囡仔開始伊的行動，開口只有較加二公分，妳猶閣有真久的絞痛，絞痛是一陣仔一陣，開口愈闊，絞痛會愈接。」

我扶頭無出聲。

「妳若較接想妳做老母的歡喜代，」李醫師笑笑閣紲落去。「妳道較袂去想著痛，妳的囡仔若共妳鬥跤手，妳道袂痛傷久，我會交代阿英較接來共妳巡視。」

我革出來笑面，細聲說謝，看李醫師的人影消失，鳳嬌仔猶是徛踮床邊。

「鳳嬌仔，妳已經無閒規晡啦，即馬我有醫師護士照顧，妳道轉去厝裡好好仔歇睏。」

「阿真，毋通操煩！我嘛想欲看囡仔出世。」

「妳總是愛歇睏。」

「若愛睏，我道徛踮膨椅，閣講，轉去厝裡嘛無伴，後生佇台北，查某囝蹛台中。」

我無閣講話，接接歇風，鳳嬌仔趕緊徛倚來，牽我的手，綴我歇風，親像伊按呢做會減輕我的絞痛，過咧二、三分鐘，絞痛無閣遐呢接，伊提面巾拭我的額仔頂，提澹布仔搵我的喙唇，等甲我的喘喟恢復正常，伊才細聲：

「阿真，若會睏之，小瞇一時仔，養神。」

難產

　　阿英每二十分鐘道來巡視一畷,最近一畷,鳳嬌仔踮膨椅啄龜,我當伫出力歕風,伊提面巾拭我額仔頂的沁汗,提澹布仔搵喙唇,等我恢復正常的喘喟,伊檢查下部的開口,講較加六公分爾,伊看時間,強欲到十二點,隨喝聲醫生有交代,伊行過去共鳳嬌仔搖醒,叫伊小看顧咧,伊欲去準備吊射共我注荷爾蒙(Oxytoin Hormone)。

　　絞痛一陣仔一陣,每一遍停睏我睏去,無入眠,毋是真正睏去,唯暗頭仔拖甲到即馬,已經過咧五、六點鐘啦,絞痛是有較接,但是猶是無動靜,逐遍絞痛,我若出力歕風嘛感覺親像強欲無尾力去,產前李醫師有交代,妳年歲有較大,拖傷久毋是好代誌,我固執,堅持無愛開刀,即馬心頭有講袂出來的擔憂,阿英無閒咧誠十分鐘,吊射注入體內。

　　「阿英!大約愛外久?」我細聲仔問。

　　「點外鐘道會加速,我會較接來巡視。」

　　阿英離開房間,我金金相吊射,吊射一滴仔一滴,慢

慢仔，我想講較會無欲滴趕緊咧，阿英轉達醫師的話，功能毋是百分百，我煞開始煩惱，萬一，若無產生功能，我欲按怎？我若有三長二短咧，我擔憂，煩惱加速，吊射猶是慢慢仔，一滴仔一滴，阿伯挈我去共阿爸拜墓，阿伯講的阿母的故事，即時親像熾爁咧，踮我的心頭閃熾連連，我一定愛閣共鳳嬌仔講一遍仔，我牽絯鳳嬌仔的雙手，慢慢仔，重講阿伯講的故事。

——阿伯講阿爸安葬了無外久，恁厝的附近猶是有生鉎面的人佇監視，彼一工，伊穡頭做煞，踮井仔邊洗跤手，日頭已經落海啦，無張池，一个查某人挈一个少年查仔囡仔行倚來。

——遮敢是雄仔恁兜？查某人細聲問。

——阿伯講伊挈一趒，無出聲，小可仔抌頭。

——阮姓林，唯泰源來，伊是阮表小妹，叫做林月李。

——阿伯講伊猶是無出聲，恁阿爸毋捌共厝裡的人提起，伊有熟似泰源的查某囡仔。阿伯講伊詳細閣共恁相一時仔，心想恁佮遐生鉎面的人無相仝，想講袂有風險，道抌頭表示相信恁的話。

——彼个查某人嘛假若放心，道共阿伯解說阿爸阿母的因緣。

　　——阿伯講伊聽甲心動，掣慇去阿爸的墓地，阿母跪踮阿爸的墓牌前，哭甲死去活來，哭真久，因為阿姨的苦勸才徛起來，阿母面對阿伯，細細聲仔，阿伯！我有身，是雄仔的骨血，我無正式予恁娶過門，我願意一生替雄仔守寡，嘛希望你准我的囝仔姓陳。

　　——阿伯講，阿母那講目屎那流，伊嘛綴阿母流目屎，伊毋知欲按怎安慰阿母，小想一時仔，才解說伊的顧慮，我共妳當作是陳家的人，即馬風聲猶是親像風颱天，為著妳佮囝仔的安全，囝仔的將來，恁猶是莫改姓較好過日，較袂閣惹出天地倒反的麻煩代。

　　——阿伯講，阿母細聲說謝，目屎猶是接接流，伊知影阿母失望，伊欲留恁過暝，恁堅持離開。

　　「鳳嬸仔，妳聽過阿伯講的故事，妳知影敢毋是？妳了解阮阿母的苦心？」我猶是共鳳嬸仔的雙手牽絚絚。

　　「鳳嬸仔，我煩惱，萬一，我若有三長二短？」

　　「阿真！袂啦，妳莫想傷濟。」

　　「鳳嬸仔妳會記持？」

　　「我知影，我會記持。」

　　「妳一定愛共李醫師講清楚。」

　　「我知影，我會記持。」

　　「出生證明愛填清楚，我的囡仔姓王，恁老爸叫做王
輝民。」

　　「阿真！我一定會記持，妳莫想傷濟。」

哮出聲

　　阿英接接來巡視，過咧誠點鐘，絞痛加速，絞痛連連，阿英檢查開口，喝聲較加九公分啦，叫鳳嬸仔鬥跤手，伊欲去撥電話予李醫師，過無外久，李醫師到位，量我的血壓，節我的手脈，檢查開口，叫阿英佮鳳嬸仔分徛二爿，牽絞我的手，過一時仔，伊隨喝聲：

　　「看著頭殼啦！林小姐！出力，接接出力。」

　　「阿真歕風出力！」阿英佮鳳嬸仔嘛全齊喝聲。

　　我出盡我的奶母力，禁喟，歕風，歕風，卸落規身軀的重擔，歕風，歕風，無尾力，昏迷，眠眠中，聽著李醫師歡喜的叫聲：

　　「紅嬰仔哮出聲啦！」

　　我目睭瞇瞇仔，閣聽著阿英興奮的話聲。

　　「玉真！妳的查某囝。」阿英共用毛巾包好勢的紅嬰仔，抱倚我的身軀邊。

　　我共紅嬰攬較倚，細聲說謝，嘛聽著鳳嬸仔的感恩，謝天謝地！母也囝攏平安！我的目睭隨閣瞌去，心神佮身

軀無合做一體，聽無恁的話聲，毋知世事。

　　我聽著房間內有島嶼天光的歌聲嚴肅宏響閣看著日頭光慢慢仔跁起來玉山的頂懸照著島嶼西部平原台灣海峽嘛照過花蓮台東太平洋閣照去和平島佮上南爿的鵝鑾鼻

出日

（在河床沙地祭壇

拆破自身

用淨水洗禮

拚命脫開舊身

————

無數想欲升龍在天

干單堅守在地龍蝦聲望）[1]

————2017.7.28完稿。

刊佇2018.01、2018.04《台文戰線》雜誌第49、50期。

---

[1] 〈龍蝦褪殼〉，李魁賢詩作，《台文戰線》40號P.10。

作者的話

　　這篇小說引用真濟台灣人的故事，寫恁反抗殖民政府的歷史史跡，但是重要人物（角色）、故事的情節情景是作者虛設的構想。佇〈蓮花化心〉較加四冬的創作過程，唯收集資料、寫作、修改，到放棄初稿〈新陳代謝〉、到重新改寫，最後定稿兼改名〈蓮花化心〉的過程，我特別感謝林央敏先生佮慧子女士，恁讀過初稿，提供意見，真誠感謝恁的智慧予〈蓮花化心〉會凍佮讀者見面。嘛特別感謝阮牽手的——小梅，長期的鼓舞。尾後我嘛欲向下列的著作、詩集、史詩佮雜誌的作家、詩人、主編說謝，這些冊的內容加加減減攏有提供材料予我參考，幫助我完成〈蓮花化心〉。

《近代台灣慘史檔案》　邱國禎著
《泰源風雲》　高金郎著
《勇者不懼》　陳婉貞著
《風聲》　李長青著

蓮花化心

《一葉詩》　林央敏著

《胭脂淚》　林央敏著

《菅芒花詩刊》革新號第三期　方耀乾主編

附錄

愛蚵蓮語、文學的復活佮台灣文化的重新釘根

The Revival of Gaelic & Irish Literature and The Re-rooting of Taiwanese Culture

／崔根源

　　我毋是寫歷史，嘛毋是專題論文化，我以我有限的認識，我對台灣的感情佮經驗，預言台語文的命運、台灣文化的將來。罔讀看覓咧，無的確會牽引恁的興趣、思考。咱先看愛蚵蓮人的經驗，較倒轉來對照台灣人的經歷。

1

　　BC 200冬左右，色蚵德（Celts）的一个支族叫做家蚵（Gaeil）取代愛蚵蓮（Ireland）島嶼的原住民，統一怹講的口語，怹講的口語叫做家力刻（Gaelic）。

　　佇英帝國殖民愛蚵蓮進前，陸續入侵愛蚵蓮島嶼的族群有維金（Viking），盧曼（Norman），居住法國西北部的Viking佮安格羅-盧曼（Anglo-Norman），遮的族群前後侵占愛蚵蓮島嶼，但是無殖民愛蚵蓮人，愛蚵蓮人佮遮的族群維持共存。

　　羅馬帝國征服英格蓮，但是認為愛蚵蓮是化外之地，無入侵愛蚵蓮。公元431年，天主教傳入愛蚵蓮，愛蚵蓮人信奉天主教，興建修道院，修道士勤讀拉丁文，抄錄拉丁文的著作，羅馬帝國滅亡了後，歐洲陷入烏暗的時代，愛蚵蓮的修道院變成留存羅馬文化的中心，愛蚵蓮的修道士陸續共羅馬文化傳回歐洲的修道院，咱會使按呢講，「若無愛蚵蓮，拉丁文學可能永遠喪失」[1]。愛蚵蓮人是虔誠的天主教徒，每冬的仙伯修日（Saint Patrick`s Day），恁的國家紀念日，紀念仙伯修傳佈天主教理（Christianity）予愛蚵蓮人，彼日，每一个愛蚵蓮人攏愛有綠色的穿插，綠色象徵綠色殉教，毋是紅血殉教（Red Martyrdom by Blood），信徒離開人間的享樂，去無人居住的綠色所在勤習聖經佮上帝交通。[2]

---

[1] *How the Irish Saved Civilization*, by Thomas Cahill, p. 193.

[2] 仝上，p. 151。

2

英帝國開始殖民愛蚵蓮並無殖民政策，少數信奉新教教義（Protestantism）的英國人移居愛蚵蓮，強占愛蚵蓮人的土地，時常佮愛蚵蓮人有紛爭，到英帝國國王顯理第八（Henry V111）時，伊為著保護遮少數的新教徒的權益，鏨訂殖民政策，立法保護恁的政治經濟權益。閣因為伊廢后離婚佮羅馬教皇起衝突，脫離天主教另立英國國教，所以，跟隨顯理第八移居愛蚵蓮的英國人攏信奉新教，恁佮愛蚵蓮人分離居住，袂曉講家力刻，恁的後代雖然多數自稱恁是愛蚵蓮人，但是恁佮信奉天主教的愛蚵蓮人的習性有區別，牽號做安格羅愛蚵蓮人（Anglo-Irish）。

顯理第八改革的殖民政策（Reforming），無促成新教徒佮天主教徒的和平共存，新教徒靠有英帝國的保護，更加鴨霸，多數的天主教徒變成田奴，變成賤民，為著生存，恁不惜生命連續無斷起義反叛。1649年時，辜隆偉（Oliver Cromwell）領導英帝國的大軍全面征服愛蚵蓮，首次英帝國武力殖民愛蚵蓮，辜隆偉認為顯理第八的改革政策無產生效果，英帝國的多數族群是安格羅沙克孫人（Anglo-Saxan），伊規去道直接實施共愛蚵蓮人安格

蓮花化心

羅化（Anglicizing）的殖民政策，設立傀儡尪仔的愛蚵蓮議會，由安格羅愛蚵蓮族群的愛蚵蓮人掌控，佇1692～1705年間連續訂立無數歧視天主教徒的法律，遮的法律統稱做刑罰法（Penal Law），天主教徒袂使擁有土地，閣愛繳納新教教會的稅收，安格羅化的殖民政策變本加厲壓迫天主教徒的愛蚵蓮人，天主教徒的反叛起義嘛連續無斷，其中上大規模的是1798的起義。經過一、二百冬，英帝國的殖民政策造成安格羅愛蚵蓮族群踮政治經濟的優勢（Ascendancy），但是怹的後代嘛有人認識英帝國的殖民政策的錯誤，怹認為安格羅愛蚵蓮族群無可能維持長期的優勢，新教徒必須佮天主教徒和平共存。1798起義的領導人之一唐烏夫（Teobald Wolfe Tone），安格羅愛蚵蓮人的後代，伊積極推廣愛蚵蓮人和平共存的信念，呼喊新教徒佮天主教徒聯合起義，伊的言論觸犯殖民政府，不得已流亡美國，無恰意美國的生活閣流亡法國，伊佮法國大革命後的政府官員有熟似，獲得法國政府願意出兵協助愛蚵蓮的起義了，伊倒轉去愛蚵蓮領導民兵起義，可惜法國的軍援無成功，殖民軍隊殘殺全面起義的民兵，無數的民兵犧牲生命，唐烏夫嘛被判死刑，起義雖然慘敗，但是愛蚵蓮人的意識出芽莩穎。

3

辜隆偉安格羅化（Anglicanism）的殖民政策嘛是無產生統治的預期效果，英帝國只好閣改變殖民政策，1801年英帝國議會訂立合併法（Act of Union），開始新的殖民政策，合併法的用意是欲削減安格羅愛蚵蓮族群的優勢，予愛蚵蓮的議會失去功能，愛蚵蓮人選出一百名的國會議員，直接參與英帝國議會西敏市（Westminster）的立法，但是合併法嘛是無解決嚴重致命的天主教的問題，天主教徒猶原無取得佮新教徒平等的地位，為著生存愲繼續抗爭，鬥爭的二大目標是宗教解放佮撤消刑罰法，踮抗爭的歷程，毋單增長愲愛蚵蓮人的意識，嘛誕生愛蚵蓮人意識的國家觀念（Nationalism），不幸，1845～1847發生馬鈴薯大饑荒，餓死數百萬人，閣有幾佫百萬人移民美國英國，愲的抗爭煞演變成自治法運動（Home Rule Movement），由安格羅愛蚵蓮的後代巴乃偉（Parnell）領導，運動的主要目標是，向英帝國議會爭取愛蚵蓮人有家己作主的議會，可惜伊傷早去世，伊過身了後，自治法運動分裂，毋過原有愛蚵蓮人意識的國家觀念的派系增長獨立建國的意識。

佇合併法殖民政策的時代，英帝國議會佇1831年通

過散鄉法（The Poor Law），規定愛蚵蓮設立全國性的小學教育制度，無宗教性，收容天主教佮新教的小學生，教授語言是英語文，無鼓勵講愛蚵蓮語，這个法令實施五十冬後，六歲到十五歲的囡仔有三分之二會凍讀寫英語文，愛蚵蓮人的識字率（Literacy Rate）占十九世紀歐洲國家的頭名，大饑荒了後，閣因為經濟因素加速愛蚵蓮人的英語文化，因為捌英語文方便愒移民美國英國，有一个統計會凍作證，1800年時，多數的愛蚵蓮人會曉講愛蚵蓮語抑是雙語，到1830年，只偆五成的人口，到甲1851年，會曉講愛蚵蓮語的人已經少於二成半[3]，另外，1870年的人口調查統計，會曉講單一語言的人（Monoglots，指愛蚵蓮語）是每二百人才有一个（二百分之一）[4]，愛蚵蓮的英語文教育完全成功，愛蚵蓮變成北半球的紐字蓮（New Zealand）。

4

1870年代，新教徒占愛蚵蓮的總人口大約是25%，但是愒擁有愛蚵蓮85%的財富，改善信仰天主教的愛蚵蓮人

---

[3] *Ireland*, by Richard Killeen, p. 180-181.

[4] *Ireland*, by Thomas Bartlett, p. 310.

的生活是殖民政策的迫切問題，1880年巴乃偉（Charles Stewart Parnell）組立國會黨（Parlimentary Party），主旨是欲向帝國議會爭取訂立愛蚵蓮自治法（Home Rule），建立愛蚵蓮人自主的議會，佮改善作穡人的土地所有權的問題，但是1886年，英帝國議會無通過愛蚵蓮人的自治法。巴乃偉，安格羅愛蚵蓮的後代，伊是年輕有為的政治人物，伊領導的自治法運動，天主教徒佮新教徒攏激力支持，毋過伊佮一个有夫之婦同居的代誌公開了後，天主教激烈非議，中傷自治法運動的執行，1891年伊過身，國會黨分裂，多數的安格羅愛蚵蓮人佮多數的天主教徒繼續爭取訂立自治法，只有少數的天主教愛蚵蓮人佮少數的安格羅愛蚵蓮人追求獨立建國的路途，這个態勢一直到1916年復活節的起義了才改變。

踮爭取自治法運動的時代，愛蚵蓮有一个組織叫做愛蚵蓮青年（Young Irelanders），這个組織有一个代表性的人物戴維思（Thomas Davis），伊主張國家是歷史、語言佮文學的產物，伊講過「無家己的語言的人民，只是半个國家。[5]」愛蚵蓮青年極力倡導的愛蚵蓮人意識深深影響愛蚵蓮人的思想。海德（Douglas Hyde），安格羅愛蚵

---

[5] *Culture and Anarchy in Ireland,* 1890-1939, by F S L Lyons, p. 32, "A people without a language of its own, is only half a nation."

蓮人的後代，伊深信愛蚵蓮人意識的國家主義，是出名的作者，捌英譯愛蚵蓮古早時代的神話傳奇，伊繼承戴維思的思想，佇1893年創立家力刻聯盟（Gaelic League），主旨是欲復活家力刻，去除安格羅化（De-Anglicising），伊踮〈去除安格羅化的必要性〉（The Necessity for De-Anglicising Ireland）的演講，講「我總是好奇，愛蚵蓮人的情感才會攏采踮半月的厝宅，真明顯您一直憎恨英語文，閣同時繼續置模仿英語文……[6]」伊對這個好奇的答覆是，復活家力刻，予家力刻變成每日使用的語言，創立愛蚵蓮的運動、音樂、穿插，排除英語文的習慣、思想，萬一若無法度推廣家力刻，伊的心願是，至少嘛愛阻止伊喪失（At least prevent it from dying out），到1908年，家力刻聯盟踮全愛蚵蓮有600个分部，相當有活力，可惜伊堅持家力刻聯盟中立，無過問政治，但是真明顯若欲推廣伊的主張，若無政治力量的支持是困難成功的，因此，伊的領導漸漸失去誘力，毋過復活家力刻的思想深深注入愛蚵蓮人意識的國家觀念。

　　佮海德同時代，得過諾貝爾文學獎的大詩人葉慈（W. B. Yeats），嘛領導愛蚵蓮文學復活運動（Irish Literature

---

[6] 仝上，p. 42。

Revival），這个運動主要的成員攏是安格羅愛蚵蓮人的後代（Anglo-Irish），葉慈袂曉讀寫家力刻，伊領導的愛蚵蓮文學復活，第一，伊是追求菁英主義，強調美學忽略大眾文化，伊的雄心是創作英文的愛蚵蓮文學，推揀有世界水準（Cosmopolitan）的愛蚵蓮文學，文學的語言是人類的通性（human capacity），毋是地區性的，明顯的，伊的主旨佮家力刻聯盟的主旨有根本上的差別，家力刻聯盟是欲去除安格羅化（De-Anglicizing），伊是欲去除戴維思化（De- Davisization）；第二，伊堅持以英文書寫愛蚵蓮文學，伊深信愛蚵蓮佮安格羅文化的融合（Cultural Fusion），雖然主要的雜誌《領導者》（The Leader）的創辦人莫蘭（D P Moran），諷刺伊的英文愛蚵蓮文學是雜種（mongrel thing），伊嘛無欲改變伊的信念。葉慈，安格羅愛蚵蓮人的身世，只看著安格羅愛蚵蓮族群的優勢（ascendancy），忽視多數愛蚵蓮人的宗教佮政治文化因素，佇天主教義主義（Catholicism）佮家力刻的國家意識主義（gaelicism）聯婚了後，伊極力推揀的，安格羅佮愛蚵蓮文化融合的聲音道開始消聲，天主教義佮家力刻的思想是欲培養愛蚵蓮人意識的國家觀念，恁的主要敵人是英帝國，凡是英帝國的思想、文化恁攏反對，安格羅愛蚵蓮的文化融合無形中道變成恁對抗英帝國的意外受害者

（incidental casualties），毋過愛蚵蓮政治獨立了後，愛蚵蓮人的英國文化顛倒有增無減，原因是啥物？後面會閣提著這个問題。

5

佇爭取自治法運動的期間，唯愛蚵蓮兄弟會（IRB，Irish Brotherhood）分湠出來一个叫做「新反」（Sin Fein，Ourselves）的政治組織，怹的主旨是延續愛蚵蓮青年的思想，重整家己獨立的身分，珍重家己的語言、文學，培建家己的企業，1914年發生第一次世界大戰時，新反的部分領導者想欲利用大戰機會，再激勵愛蚵蓮人的獨立建國運動，暗中取得德國武器援助的承諾，五个領導人祕密計畫欲踮1916年的復活節起義，但是德國武器的援助予英帝國查獲，五个領導人明知無武器的援助起義一定袂成功，猶原堅持照計畫起義，怹攻占部分都柏林的市區，踮起義的臨時大本營，升起愛蚵蓮共和國的國旗，宣讀愛蚵蓮共和國的獨立宣言，佮英軍對抗較加一禮拜終被鎮壓，犧牲袂少愛蚵蓮人的生命，事後，五个領導人攏被處死刑，英帝國對待愛蚵蓮人更加殘酷，鎮壓延續幾諾冬，嘛因此，引起1919年愛蚵蓮人的獨立戰爭。

　　1916年起義的勇士，恁視死如歸的精神，是愛蚵蓮人獨立建國強有力的地基，恁明知起義一定失敗，為啥物毋驚死？我引用幾個領導人的話語。

　　彭思（Patric Pearse），詩人，起義的發言人，這是伊受審時的演講辭，「……我十歲時，有一暗跪踮床邊，共上帝宣誓，我這一生欲奉献我的生命解放我的國家……你袂使再征服愛蚵蓮，你袂使滅消愛蚵蓮人愛自由的熱誠，假使阮的起義無夠贏著自由，阮的子弟會有更好的作為贏著自由。[7]」

　　康努利（James Connolly），工會的運動者，共產黨員，這是伊踮病院交予恁查某囝的字條，「阮欲斬斷這个國家佮英帝國的聯結，建立愛蚵蓮共和國……阮成功證明，阮為著愛蚵蓮國家的權利，隨時準備赴死……只有這款認識，愛蚵蓮人自由的根源才是安全的。[8]」

　　馬科得（Sean MacDermott），電車司機，負責組織的工課，伊有講過，「阮赴死，愛蚵蓮國家存在，阮的血

---

[7] *The Rising,* by Fearghal McGarry, p. 271, "When I was a child of ten I went down on my bare knees by my bedside one night and promised god that I should devote my life to an effort to free my country…you cannot reconquer Ireland. You cannot extinguish the Irish passion for freedom. If our deed has not been sufficient to win freedom, then our children will win it by a better deed."

[8] 仝上，p. 271。

水再施洗增強咱的鄉土。[9]」

卡司門（Roger Casement），伊是佮德國聯絡的負責人，伊獄中的批信，「…會凍佮為愛蚵蓮赴死的英雄，Allen，Larkin，O Brien，佮Robert Emmet並列……當然是歷史上上光榮的代誌。[10]」

1916年的起義直接的衝擊是，愛蚵蓮人予起義勇士的精神的感召，增強延續獨立建國，放棄爭取訂立自治法的運動，愛蚵蓮人追求獨立建國變成多數，毋過嘛註定南北愛蚵蓮的分裂。

6

1916復活節的起義了後，英帝國加強殖民愛蚵蓮的控制，愛蚵蓮人的反抗嘛陸續無斷，終於爆發1919年愛蚵蓮人的獨立戰爭。愛蚵蓮的獨立戰爭無親像越戰，抑是亞爾及尼亞的獨立戰爭遐呢壯烈，比較起來是小型的戰爭，較親像游擊戰，英帝國派用第一次世界大戰後留存的士兵鎮壓愛蚵蓮人的起義，殘酷無人性，愛蚵蓮人堅強不屈對

[9] 仝上，p. 273。

[10] 仝上，p. 273，有關卡司門、人權運動者、愛蚵蓮獨立建國運動者的一生，參考小說 *The Dream of The Celt*，羅沙著（Mario V Llosa），得過諾貝爾文學獎，英譯Edith Grossman。

抗，戰事持續到1921年，英帝國的政治人物衰弱憁殖民控制愛蚵蓮的慾望，暗中佮新反的領導人談判停戰，新反贊成條約的談判者，認為雖然無正國名，政府的權力已經有獨立政府之實，大大超過自治法運動想欲爭取的權益，1921年12月，憁簽訂安格羅-愛利市條約（Anglo-Irish Treaty），終止愛蚵蓮人的獨立戰爭。

　　安格羅-愛利市條約賦予南愛蚵蓮26縣成立獨立自由的政府，北愛蚵蓮的6縣猶原屬於英帝國的領土，英軍撤出南愛蚵蓮，南愛蚵蓮的自由政府是英帝國國協（British Commonwealth）的成員，1922年，英帝國議會通過安格羅-愛利市條約，但是反對簽訂條約的IRA成員，早已經占領軍營，解除贊成條約的臨時政府的軍備，終於閣發生愛蚵蓮人家己的內戰。臨時政府的軍隊借用英帝國的武器，鎮壓反條約的軍士，反條約的軍士犧牲慘重，1923年雙方談判停止內戰，南愛蚵蓮的自由政府（Irish Free State）獨立運作，「新反」的領導人戴華利（Eamon de Valera）組立Fiarma Fail黨加入自由政府，戴華利是1916年起義唯一活落來的領導人，1932年，Fiarma Fail黨獲得南愛蚵蓮國會的多數，Fiarma Fail黨開始執政，戴華利執行伊反對簽約，堅持獨立建國的諾言，1937年，愛蚵蓮國會訂定愛蚵蓮的新憲法，廢止愛蚵蓮官員宣誓效忠英女皇，1949年，

　　愛蚵蓮政府宣布退出英國協，愛蚵蓮人一百外冬獨立建國之夢終於完夢，但是南北統一猶原是遙遙無期。

　　1922年自由政府的憲法明定家力刻是主要語言，立法規定公務人員愛接受愛蚵蓮語的考試，嘛規定家力刻是小學必讀的課程，一日袂使少於一小時，閣設立保護講愛蚵蓮語的區域（Gaeltacht），但是，愛蚵蓮人欲建立愛蚵蓮語的愛蚵蓮國之夢，事實證實是一个無法完成的夢，雖然愛蚵蓮人有強烈的心願，嘛有法令明定護航，猶原是無法度阻止愛蚵蓮英語文化的潮流，咱觀察一下仔潮流的進展。

　　第一，愛蚵蓮政府共恢復愛蚵蓮語的政策重心园踮小學生，無正視家庭佮社會已經盛行英語文的事實，1847年大飢荒了後，因為經濟因素，爸母已經家己確認英語文才是現代化的語言，政府嘛無重視家力刻的推動，國會辯論，公務人員攏是使用英語文。

　　第二，執行人員無正視推行失敗的原因，嘛無謀求改善的辦法，人人目睭金金看講愛蚵蓮語的人愈來愈少，無人問為啥物，閣無人大聲喝，共潮流擋起來，缺乏捌愛蚵蓮語的師資，教師協會閣反對小學生必修家力刻的政策，唯1950年以後，政策的執行道開始放鬆，有一个估計會使對照，1922年，踮講愛蚵蓮語區（Gaeltacht）講愛蚵蓮語

的人口，估計有二十萬人，到1939年，只偆一半，閣過二十五冬，只偆四分之一（五萬人），老人死亡了講古仙仔消失，家力刻民間故事（folklore）的泉源嘛礁枯去。[11]

第三，忽略語文容易接受外來文化的影響，愛呵蓮人讀看的攏是英文冊，電台廣播聽的攏是英語，電影包括好來塢的美國電影攏是英語文，愛呵蓮語哪有啥物空縫通現代化？有一本出名的雜誌，內底34個廣告，使用愛呵蓮語的只有3个，1969年閣有一个估計，唯1900年到今，愛呵蓮語出版的冊的總數，比英國單一年出版的英文冊閣較少[12]，莫怪愛呵蓮作家Sean O' Fao'ain會感慨，咱需要是人文的獎助，假使大學若掠準這个方針，咱現在嘛袂干單存留一、二本小說，無一本嚴肅的戲劇，嘛無一本有份量的文學評論。[13]

第四，愛呵蓮的經濟衰弱，經濟社會無使用家力刻的動力。

---

[11] *Culture and Anarchy in Ireland,* by FSL Lyons, p. 149.

[12] 仝上，p 162。

[13] 仝上，p 161。

7

　　到1960年代，獨立的愛呵蓮政府為著改善人民的生活，解決經濟困難，只好暫時共唯獨立到今的二大頭疼的政策，恢復家力刻佮南北統一揉去邊仔，1966年，實施免費的中學教育，積極儲備人才，終於踮1987～2000之間產生經濟起飛，創下色呵德虎（Celtic Tiger）的奇蹟，產生怹的經濟起飛，除去教育制度的改善以外，猶有一个重要的社會文化因素，天主教徒終於認識現代化（modenization）的重要必要，放棄真濟怹保守的社會習性。

　　愛呵蓮的社會有四元的特殊文化，咱想欲知的是多元的文化敢有阻礙怹的社會文化的演進？咱先看四元的特殊文化是啥物。

　　第一是英國文化，英國人殖民愛呵蓮帶予愛呵蓮人的英國文化，英語文普及愛呵蓮的社會，英語文是傳播的主要工具，媒體、廣告、冊本、戲劇、電影、音樂、藝術、運動、休閒無一項毋是英語文，英國流行啥物，愛呵蓮道流行啥物，十九世紀中葉以後，英語文是愛呵蓮的商業、政治、法律的語言，英語文代表高貴，愛呵蓮語代表散赤、卑賤。

　　第二是愛呵蓮文化，講家力刻信奉天主教的愛呵蓮人

文化，恁的人口占愛蚵蓮總人口的75%，恁受英帝國長期的殖民，恁的土地被搶奪，時常犧牲生命反抗起義，被號稱是野蠻人（Barbarism），恁長期被壓迫，被歧視，恁的意識蘊含強烈的國家主義（nationalism）。

第三是安格羅愛蚵蓮文化，英帝國殖民愛蚵蓮時代移民愛蚵蓮的新教徒的文化，恁的人口占總人口大約是20～25%，是少數族群，但是恁強占愛蚵蓮人的土地，享受政治經濟特權，效忠英帝國，恁有絕對的優勢，多數佮天主教的愛蚵蓮人隔離生活，普遍有傲慢矛盾的個性，大部分的人口是定居北愛蚵蓮，佮天主教徒水火不相容。

第四是長老教文化，新教徒移居愛蚵蓮，有唯英格蓮移民的英國國教教徒（Anglican），佮唯蘇格蓮移民的長老教徒（Presbyterian），多數的長老教徒定居北愛蚵蓮，恁的文化佮英國國教徒文化無相仝，因為恁對上帝的信仰有無相仝的詮釋。

這四元的特殊文化，宗教色彩顯明容易識別，經歷長期的歷史流程，恁根植恁生活方式佮習慣，形成恁的特殊文化，恁分歧的政治主張只是看會著的表面，恁共同生活踮一塊小小的島嶼，無法協同同一的文化，親像是深陷踮悲劇歷史的蜘蛛網，紛爭無斷，造成社會不安，南北分裂，看起來假若爬袂出蜘蛛網。葉慈踮復活愛蚵蓮文學

時，堅持閣鼓吹文化融合（Cultural Fusion），真正是先知先覺，伊的主張是安格羅・愛蚵蓮（Anglo-Irish）融合家力刻天主教（Gaelic-Catholic），伊講融合（fusion），毋是同化（anglicising），這點應該真清楚，但是伊無講著到底是欲按怎融合，伊是詩人，伊追求文學創作，無的確伊家己嘛無清楚融合的理念，融合假若親像是經歷時間的自然流程（The Time Lags），經由立法佮有意識無意識的行為，無相全的族群文化互相妥協，互相磨損家己的特殊鋩角，葉慈當時看著的是安格羅愛蚵蓮的融合，即馬，看起來假若是阿美利愛蚵蓮的融合（Amri-Irish）。萬一，時間的流程無導引融合，愛蚵蓮出名的歷史學者F S L Lyons，有感慨的預言：

> 咱同出愛蚵蓮；
> 怨恨填腔，空間狹窄，
> 唯開始咱道重傷。[14]

---

[14] 仝上，p 177, "Out of Ireland have we come,／Great hatred, little room,／Maimed us at the start."

8

　　愛蚵蓮作家M'aitin O' Dir'ain批評愛蚵蓮語文運動的內向性，講悠無視現代生活的無確定性佮複雜性，現代生活需要廣泛閱讀傳記、歷史、哲學、倫理、政治、心理學佮人文科學，這款冊攏是英文冊，這就真困難閣堅持英語文是外國語文。[15]伊按呢講雖然真有道理，毋過，愛蚵蓮語文復活運動的精神嘛是深印踮愛蚵蓮人的心海，安格羅愛蚵蓮文學教授Declan Kiberd，真肯定，伊講「若無1890年以後的語言佮文學的復活運動，咱真難理解1916年的起義佮1923年南愛蚵蓮自由國家會產生。[16]」咱用愛蚵蓮詩人胡賴円（O' Ríordán）講過的話做起頭，「伊唯余利德學著一个傑出詩人的傑出，毋是伊借用別人外濟，是伊按怎運作伊的借用。[17]」

　　胡賴円（1916～1977）是1916起義了後才出世，伊接受英語文佮愛蚵蓮語文的教育，中學時代伊就認定愛蚵蓮語文是伊命定的媒體（fated medium），伊講語言選擇作者，毋是作者選擇語言，伊創作愛蚵蓮詩集進前，

---

[15] *Irish Classics*, by Declan Kiberd, p. 610~611.

[16] 仝上, P. 630.

[17] 仝上, P. 614, "From Eliot, for instance, he has learned that the test of a great poet is not whether he borrows so much as how the borrowings are used."

伊是模仿Hopkins的英文習作,伊一生攏蹛踮愛蚵蓮,出
版的詩集攏是使用愛蚵蓮文,伊的語文是親像英文的愛
蚵蓮文(as Irish as English),伊講奚是精神上的混合文
(spiritual hyphernation),伊思考英文寫愛蚵蓮文,周一
思(James Joyce)是英文散文小說的傑出作家,伊嘛有胡
賴丹的心結,伊是思考愛蚵蓮文寫英文,胡賴丹揚棄愛蚵
蓮文的限制,咱若欲探討伊詩作的內涵,咱愛泡浸踮伊深
層的結構內底,文字表層的下跤,體會伊接受的英文教育
佮伊愛蚵蓮思想的鏡框,伊宗教自由的慾望佮伊接受的天
主教理,不時陣道踮伊內心征戰不息,我台譯伊一首叫做
〈半份的言語〉(Language Half-Mine)的詩做伙吟賞。

    誰人縛咱這个結,
    親愛的半份言語?
    牽你的手有啥路用,
    你毋是規份攏我的?

    你身邊另外一个喙舌
    「我欲全份」,伊喝聲,
    恁二人的牽制,
    自按呢咱道分手。

我即馬欲親近你

到咱拍結做伙，

若無

我無你的庇護

你嘛牟搶奪我的庇護。

半个心，拍無結，

我愛專心灌入，

雖然你硬殼歹推矯，

半份的言語。[18]

---

[18] Sean O' Riordain, edited by Frank Sewell, 英譯 Mary O' Malley & Frank Sewell, P. 145 Language Half-Mine. "Who tied this knot between us,／dear language half-mine ?／Whats the use in handling you／unless you are all mine ?／／There is another tongue beside you／and she says to me, "be mine," Caught between the two of you,／were separated since then.／／Now I must get close to you／till I'm fully absorbed,／or I'll be robbed of your refuse／and you'll be robbed of me.／／Half a mind to do wont do,／I have to fully enter in,／though you're a hard one to get round,／language half-mine."

9

　　台灣有文字記載的歷史大約有四百冬，經歷荷蘭人，
鄭成功家族，清帝國，日本帝國佮國民黨黨國的殖民統
治，台灣人有台灣人的意識，是日本帝國殖民時代才莢
穎，有台灣人意識的國家觀念，雖然六〇、七〇年代踮海
外已經莢穎，毋過島內的莢穎一直等到1987年解嚴以後。

　　踮荷蘭人、鄭成功、清帝國的殖民時代，台灣人三年
一小反五年一大反，叛骨顯明，毋過恁毋捌自覺叫家己是
台灣人，若准有自覺嘛叫家己是唐山人，「有唐山公無唐
山嬤」，殖民政府叫恁是大員人、熟蕃、生蕃，恁的生活
佮習性漢化，有的出世道漢化，有的是求生被迫漢化，不
管是出世漢化抑是被迫漢化，攏無自覺是台灣人。

10

　　1894年清帝國甲午中日戰爭戰敗，佮日本帝國簽訂馬
關條約，割讓台灣，當時台灣的巡撫唐景崧，為著欲替清
帝國保存台灣的領土，宣布成立台灣民主國抗日，毋過日
本軍一登陸，唐景崧，丘逢甲道逃亡轉去中國，台灣居民
自此接受日本帝國的殖民五十冬。

　　唐景崧名正堂皇叫愆的抗日是台灣民主國，毋過伊嘛明示愆是尊奉清帝國的皇帝，台灣民主國的名字是愆政治權術的操作，愆的骨髓內底是清帝國臣民，參與對抗日本軍的士兵，嘛是以愆是清帝國的百姓身分對抗日本軍。佇日本帝國殖民時代，林獻堂、蔣渭水組立台灣文化協會，連續發起六三請願，愆應該有台灣人的意識，但是愆的台灣人意識無國家觀念，愆爭取的是，台灣人有佮帝國內地的國民有同等的法律待遇，愆的台灣人意識嘛無分別漢民族佮台灣人。

　　1930年代台語文字化的「台灣話文運動」，雖然只有短短的十冬，愆留存賴和的台文創作，佮蘇德興（黃石輝）的一篇無發表的短篇小說，「以其自殺，不如殺敵」，「以其自殺，不如殺敵」的結尾，劍紅佮阿變做伙行上鬥爭的路，愆欲對抗日本帝國的殖民政策，嘛欲佮舊社會鬥爭，愆已經有較明顯的台灣人意識，若閣看黃石輝佇〈怎樣不提倡鄉土文學〉講的，「你是台灣人，你頭戴台灣天，腳踏台灣地，眼睛所看的是台灣狀況，耳孔所聽的是台灣的消息，時間所歷的是台灣的經驗，嘴裡所講的亦是台灣的話語……[19]」，啥物是台灣人的意識一清二

---

[19] 《台語文學運動史論》，林央敏著，P. 34，佮註2。

楚，毋過您的論戰號做台灣鄉土文學論戰，毋是台灣文學
論戰，您若准有國家的觀念，嘛真歹講是台灣人意識的國
家觀念。若對照當時半山仔張我軍的主張，「台灣話是土
話，是沒有文字的下級話，所以沒有文學價值，不足以
創作文學，因此提倡中文寫作。[20]」，真明顯的，伊若准
有國家觀念嘛毋是叫做台灣國。張我軍漢化入骨，無可能
佮黃石輝講相仝八音的台灣話，咱會了解，只是伊提倡以
中文創作，佮葉慈領導的復活愛蚵蓮文學，主張以英文創
作有巧合，張我軍半山仔的身分，佮葉慈是安格羅愛蚵蓮
的後代類似，敢會是您攏有族群優勢（ascendancy）的地
位，看袂著抑是輕視大眾的語文？台灣語文閣經歷國民黨
黨國的殖民，強制推行「國語」政策了後，伊的命運道親
像家力刻的運命，大江東去。

11

　　黨國殖民政策一開始道高壓殘殺家己的「同胞」，
台灣人錯解「同胞」的意思，才會發生永遠予中國歷史
掩崁的二二八事變，閣因為您漢化深入骨髓，無台灣人

---

[20] 仝上，P. 33。

意識的國家觀念，大聲喝的口號是本省人對抗外省人，毋是台灣人對抗中國人，二二八事件處理委員會只是訴求爭取台灣自治，親像巴乃偉（Parnell）領導的愛蚵蓮議會黨，向英帝國議會，西敏市，爭取訂立愛蚵蓮人的 Home Rule。

　　台灣人意識有國家觀念是二二八事變以後才莘穎，1950年代，廖文毅兄弟踮島外大力提倡台灣人的國家觀念，島內因為有戒嚴法，白色恐怖猖獗，台灣人意識的國家觀念只能暗中生湠，1960年代，彭明敏發表「台灣自救宣言」，呼喊重新訂立憲法建立國家，肯定新台灣人的觀念，毋過伊的宣言是「死胎」，絕對多數的台灣人毋知有這款代誌，彭明敏、謝聰敏，佮魏廷朝被捕入獄，1970年彭明敏脫出黨國的天羅地網，逃亡瑞典，再去美國，啖著《自由的滋味》，海外台灣人的台灣人意識，台灣人意識的國家觀念才匯成主流，擔起對抗黨國殖民政策的大任，可惜功能有限。島內有戒嚴法令，無言論的自由，有志有識的黨外人士，踮地方選舉，中壢事件，美麗島事件，只能暗中推揉台灣人意識的國家觀念，愬的選舉口號，宣傳用語，為著欲延續對抗的香火，攏自我設限，非常謹慎毋敢觸犯戒嚴法令，泰源監獄政治犯的革命事件是唯一的武力起義，六壯士（若包括嘉義山胞達哥爾應該是七壯士）

犧牲生命的革命事蹟[21]，無人知影，恁犧牲的故事等到《泰源風雲》出版才公開。七壯士之一的陳光雲，優秀的電氣工程師，政治犯，不幸佇起義的前一個月，心臟病復發去世，伊講，「人生在世，如果連玩不會講話的機械的權利都被剝奪……那就非得重新檢討生活的意義不可了。[22]」踮起義的最後關頭，有真濟同志明知準備不足猶原全力以赴，攏是受陳光雲的精神感召，可惜，遮勇敢的政治犯視死如歸的精神無留傳，台灣人猶是泡浸踮「寧靜革命」的美夢。佇這三、四十冬黨國戒嚴法令殖民的時間，大多數的台灣人為著求生，改善生活，努力經營工場，揹007的樣品箱，講半精白的英語，踏破世界各地推銷台灣的新產品，創作「東亞四小龍」之一的經濟奇蹟，但是恁若談論政治假若看著草索仔咧，親像是PTSD的患者，驚死驚命，白色恐怖的毒素繼續發酵，教訓子弟毋通插政治，離開台灣他地發展，台灣人變成失聲失言的大眾。

　　黨國殖民政策毋單殘殺台灣人的菁英，斬草除根閣推行所謂「國語」政策，根除日本帝國遺留的異族文化，唯小學到大學一律中語文授課，小學嚴禁講台語，比英帝國無禁止愛呵蓮語，中國共產黨無禁止族群的語言，更加

---

[21] 《泰源風雲》—政治犯監獄革命事件，高金郎著，P. 18。
[22] 仝上，P. 76。

酷刑，六○、七○年代，台灣人雖然接受全套的中語文教育，家庭、商務猶原盛行台語，無人感覺有台語消失的危機，八○年代以後，台灣人的爸仔母選擇中語文才是現代化的語言，商務用語嘛予中語文取代了後，才有少數人感受著台語消失的危機，恴推搡解救台語文運動，毋過時間有較慢啦，台灣社會已經是中語文的社會啦。台灣人的識字率（Literacy Rate）超過九成，毋過教材內容攏是中國歷史、中國地理、中國文化，台灣的歷史、地理、文化，若毋是全無，道是故意歪曲的傳奇，黨國「國語」政策的推行閣溢出教育機構的範圍，媒體（電台，電視，報紙）禁止使用台語，抑是限制台語播送演出的時間，含布袋戲仔的口白嘛禁止使用台語，毋單按呢，閣操作分而治之的政治權術策略，分化族群，互相歧視族群的母語，講啥物台語包括閩南語、客語、原住民語、北京語，台灣人愛講恴是講閩南語，毋是台語，培養台灣人輕視家己母語的心態，台語是無知識的人，蹉跎仔，抑是鱸鰻講的粗話，無形中，加速消失，嘛失去現代化的功能，促成台灣社會文化的變形，族群毋是和諧(hâi)共存，是敵視分爿。

　　一九六○、七○年代，海外推搡的台灣人意識的國家觀念，毋捌重視過台語文，無有親像戴維思的思想（Thomas Davis），「A People Without a Language of its

own is only Half a Nation」，當然嘛無台語是建國的語言的喝聲，敢有親像海德（Douglas Hyde）創立Gaelic League，退而求其次，想欲保留雙語並行的心願？

12

　　台灣平埔族的文化佮恁使用的Austronesian語會喪失消聲，主要的原因是Austronesian語無文字化，十九世紀長老教的傳教師來台灣傳教，恁傳教的大多數台灣人毋捌漢字，加上傳教師欲學台語，恁創作台灣白話字，恁使用羅馬拼音字，毋是漢字，替台語文字化，方便恁的傳教，恁的信徒因為有白話字的書寫，留存台灣人的習性，白話字是袂曉講台灣話，抑是毋捌漢字的人，學習台語文上好的工具方法。黨國「國語」政策強制推行了後，多數的台灣人無使用白話字，毋是恁有佮使用白話字的人有無相仝的信仰，是台灣人的識字率大大提昇，恁捌字捌目，閣中著台灣話有話無字的毒，喪失恁台語文字化的心願。八〇年代，少數有心人士的用心經營探討，才閣發生第二次台語文字化的運動。1985年鄭良偉踮自立晚報發表「廖峻澎澎大爆笑」，伊關注台語的字詞和語法等語言文字系統的分析，主張漢字羅馬拼音字並用；洪惟仁認為一个人學好

他的母語，不止是一種權利，也是一種責任和義務，嘛積極參與台語文字化的運動，伊的著作保存台語傳統的語彙；宋澤萊強調實踐，伊講「文學由鄉土文學變成台灣文學，再擱變做台語文學，是真自然的一條路」[23]林央敏毋單替台語文字化建立理論結構，閣創作台語文學的傑出作品：史詩《胭脂淚》、長篇小說《菩提相思經》。恁的努力替九〇年代以後興起的台語文學鋪路。

　　台語文學佮中文的台灣文學爭論誰人才是台灣文學的主體，這款爭論佮十九世紀末葉二十世紀初，愛呵蓮文學復活運動時的爭論類似，由得過諾貝爾文學獎的詩人葉慈所領導的詩人佮作家，恁主張使用英文創作愛呵蓮文學，另外一爿的詩人作家，恁堅持愛呵蓮語文書寫的文學才是愛呵蓮文學，1923年南愛呵蓮獨立建國重視愛呵蓮語文，但是愛呵蓮語文並無變做獨立國家的語文，1960年以後，面臨經濟困難的壓力，愛呵蓮政府只好共語文政策囥蹛一邊，愛呵蓮語含欲維持雙語的身分道有困難，新一代的作家嘛無閣爭論英文抑是愛呵蓮文才是愛呵蓮文學，台灣文學敢會行上這條路？林央敏預言，「只要台灣的政治、教育、文化、媒體能夠真正走向本土化和自由化，不出二十

---

[23] 《台語文學運動史論》，林央敏著，P. 76~81，佮註2~8。

年，台灣文學的主體將是台語文學。[24]」我非常了解伊預言的苦心用心，毋過親親經歷一、二十冬，我是愈來愈無樂觀，因為這毋單是政治、教育、文化、媒體是毋是會走向本土化自由化，猶閣有較根本的問題，台灣人是毋是會有自覺去除漢化？

美國獨立聯盟的蔡正隆佇90年代踮美國推揀台語文運動，公論報用台文寫社論，創設台語學校，開辦台語文學營，作家胡民祥主持公論報的副刊，每冬開台語文學年會，閣佮島內台語文運動的作家交流，可惜公論報停刊了後，海外的台文作家道無發表怹創作的園地。台灣島內，有心的台語文詩人作家，經歷二、三十冬的苦心，雖然有發表的園地，嘛是愛靠家己出錢辦雜誌，若有想欲靠創作補貼生活，讀者市場若無擴大，猶原是痴夢，「第一憨寫台文筌笑憨」的逆流，誰人嘛毋知是毋是會改變，毋過，所有的台語文的詩人作家，怹應該感覺榮幸安慰驕傲，因為怹共台語文字化，台語，台灣文化永遠會留存踮有文字記載的人類歷史。

[24] 仝上，P. 156。

13

　　1987年解嚴了後，台灣人意識的國家觀念開始有改變，毋過改變的速度假若是路螺佇趖，演變的形象嘛不三不四，這親像是一个已經煮炒三、四十冬的破鼎，即馬用刀仔去摳(kau)鉎(sian)才發現有破空會漏水漏油，國民黨佮怹利益掛交的買辦集團，為著欲維持怹的政治優勢，維護怹的特權，只願意繼續補破鼎，無想欲採購適用台灣的新鼎，破鼎補了閣補猶原是有新空，破鼎破甲袂補之，國民黨佮怹的買辦集團就是毋願共破鼎交予歹鐵仔場。解嚴了後這二、三十冬，經過三个執政政府，怹到底替台語、台灣文化做外濟代誌？小學增加母語教授，中學增加「認識台灣」的課程，大學增設台文系、台文所，這若佮愛蜀蓮獨立建國後法令明定護航，實在袂比評之，咱停喘觀察一下仔實際的形勢。

　　小學教授台語一禮拜一小時，好師資不足，無考試，親像囡仔佇辦傢姑伙仔咧；中學的「認識台灣」，教材保持中立無明確的台灣人意識，台灣人意識的國家觀念；台語文毋是台文系必修的課程，台文系是掛羊頭賣豬肉。爸仔母為著子弟考著好學校，無人關心台語文教育，無人抗議學校執行不力，教師為著家己名利挪用台語授課時間，

立法院開會，縣市議會開會，政府公務人員的止接，敢有人聽著使用台語？遮濟好模樣，台語無死嘛偆半條命，終歸尾，無變成流浪狗嘛困難！

「學台語有啥路用」？大家攏按呢問，商務使用中語文，升學、公務人員考試用中文，台商尤其是中小企業遷廠選擇去中國，大多數是貪著語言方便，爸仔母教育子弟精通中語文才有出路，寧願大方付英文補習費叫子弟毋通浪費時間學台語文，遮濟經濟因素，台語文含送予人做新婦仔嘛無人欲！

語文的存在必須連續無斷的現代化，唯1950年黨國強制推行「國語」政策了後，台語文道拳斷絕現代化的源泉，經濟學、心理學、科學的新名詞攏是中語文，人文科學的新術語嘛是中語文，毋單冊攏是中文，電視、電影、音樂嘛是中語文，台語文無綴時代現代化，退而求其次，敢有法度維持雙語的地位？

14

1987年解嚴了後，台灣島內失聲失言的大眾，開始台灣人意識的國家觀念的認知，媒體開放，電視大約每一點鐘攏有政論節目，電台除去賣葯的廣告道是談論政治時

事，報紙嘛無輸電視電台，逐工毋是專題道是讀者投書，名嗦、名作家毋免煩惱夆掉去食籠仔飯，大聲閣大膽，但是大多數的媒體猶是受黨國控制，慇閣較大膽嘛是踮補破鼎的範圍搓圓仔湯，無欲面對禁忌談論重新訂定憲法，失聲失言的大眾聽著恰意聽的笑咪咪，聽著袂爽的操兼訐，大多數猶原浸踮醬缸繼續接受混淆不清的國家觀念的洗腦，毋知啥物叫做國家，無重視國家的尊嚴，順嗦大聲喊喝的猶原叫中國人大陸人，中國古典音樂國樂，中國水墨畫國畫，閣接受夆啼笑皆非的「中華台北」的國名。慇經歷二、三十冬媒體的亂彈，雖然如此，慇實際經歷的經濟發展、民主法治的鍛鍊、言論自由，佮語言文化意識的傳播，確實嘛有衝擊慇國家觀念內涵的認識。台灣旺盛的經濟發展，唯早期走私爭買舶來品到家己創立MIT（made in Taiwan）的品牌，台灣產品的信用度大大提昇，毋單台商踮中國生產的產品偷用MIT的品牌，台灣人嘛感受著經濟成就的驕傲，經濟成就注入台灣人意識的國家內涵。二冬一大選的選舉文化猶原無脫離烏道買票，墜落沈淪的惡習，但是長期的民主鍛鍊，一點一滴累積的民主習性嘛慢慢仔充實民主法治國家的內涵，電視電台不再限制台語節目，台灣歌仔猶原時行，江蕙的歌聲猶原瘋迷歌迷，台語文學荺穎淡葉，濟濟有心有識的學者，作家重新詮釋台灣

歷史事件，啟蒙飽滇台灣人意識的國家觀念。

國家觀念的內涵雖然慢慢仔飽滇，毋過國家形式猶原是停留踮不斷的紛爭，維持現狀（國非國的狀態），獨立建國，佮中國統一是三大論爭的形式，較加六十冬的黨國殖民教育，強調的是同化統一的民族，政治口號大聲喊喝族群和諧，骨髓內是歧視族群文化，避談族群文化。台灣族群的文化無親像愛蚵蓮的族群文化，怹的族群宗教色彩顯明容易識別，台灣族群起源於地域觀念，但是經歷「國語」政策長期同化的洗腦，政治主張變成族群文化的分野，地域、習性，抑是語言的差異是看會著族群文化的表面。

台灣有五類無相仝文化的族群：第一是占人口多數的漢族台灣人文化，怹多數是早期移民來台灣的後代，怹講台語抑是中語，習性漢化，政治主張是維持現狀。這个族群親像愛蚵蓮的安格羅愛蚵蓮人（Anglo-Irish），但是安格羅愛蚵蓮人是占愛蚵蓮人口的少數。第二是台灣人文化，人口毋是多數，講台語抑是中語，習性漢化，怹無自覺佮漢族台灣人流無相仝的血水，政治主張獨立建國，怹的身分類似愛蚵蓮人，但是愛蚵蓮人是占愛蚵蓮人口的多數。第三是中國人文化，怹是上晏移民來台灣（怹無認為怹是移民，毋過一蹔道五、六十冬，閣無欲搬轉去怹的

故鄉），講「國語」，習性漢化（佮1949年以後的中國人文化無相全），依附黨國，享受特權，佮台灣人族群隔離生活，政治主張是中國統一抑是統一中國。第四是客人文化，講客話抑是「國語」，習性漢化嘛有愿特殊的習性，政治主張維持現狀，獨立建國佮中國統一攏有。第五是原住民文化，講家己的語言抑是「國語」，有地域區分，習性漢化兼有家己特殊習性，政治主張三種形式攏有。每一類族群攏有少數的人佮愿族群的政治主張無相全，譬如講，漢族台灣人嘛有主張獨立建國，台灣人嘛有主張維持現狀，中國人抑是客人嘛有主張獨立建國，閣因為經濟成就，文化覺醒的衝擊，政治主張的人口比例不時道佇改變，有可能獨立建國的人口已經占多數。

認識族群文化的歷史，文化的異同，是向望由認識演變成和諧共存，解嚴以後，無相全族群的政治主張無法度凝聚共同的國家形式的認識，國家形式繼續美其名維持現狀，停踮國非國的狀態，踮國際地位，台灣人享受經濟、文化的國家地位，但是忍受政治、外交國家的尊嚴被侮辱，台灣人家己無覺醒，但是外在列強的勢力嘛是促成維持現狀的造孽者，目前中國併吞主義佮美國資本帝國主義，互相依賴的經濟權益產生均衡，無希望台海發生戰亂，影響愿互相經濟利益的侵貪，一旦均衡若有改變，誰

人嘛毋知葫蘆內底是賣啥物糊葯，解嚴以後，五類族群踮
較自由較民主的時空生活，經歷二、三十冬，即馬已經
有較強烈的台灣優先的維持現狀，時間的因素（The Time
Lags），敢會予五類族群，踮這个小小的島嶼，繼續做伙
生活，緩和您特殊的感情？若無，親像愛蚵蓮的歷史學家
FSL Lyons，對您南北愛蚵蓮的統一遙遙無期的慨嘆，咱
嘛愛唱相全的歌聲：

> 咱同出台灣島嶼，
>
> 怨恨填腔，土地狹窄，
>
> 唯開始咱著中傷。

15

　　1998年，李登輝喝出「新台灣人」的口號，助馬英
九中選台北市長，但是新台灣人這个名字毋是李登輝首創
的，佇1960年代彭明敏的自救宣言，1970年代長老教會的
教會公報，1991年林義雄的「希望有一天」，早道有詮釋
啥物叫做新台灣人，不管早來晏來，只要愛台灣，願意佮

這塊土地共生死的人道是叫做新台灣人[25]。這个名詞強調族群和諧，是市民國家主義的觀念（Civic Nationalism），唯1987年解嚴到即馬，台灣的政治一直踮新台灣人這个口號拍籠仔，但是到今，新台灣人的台灣政治攏無道德勇氣面對族群文化的異同，新台灣人若無去除漢化（De-Sinificising），重新訂根台灣文化，您的心靈是空心的，親像蕹菜管(kóng)。

新台灣人的名詞毋是既定客觀的觀念，伊的形成是演進的，匯集濟濟的細流，一冬過一冬，親像海埔新生地不斷的生湠，踮歷史的洪流重新釘根。您佇滾滾的流程，唯「亞細亞孤兒」（吳濁流小說）的哭調仔，唱到「毋通嫌台灣」（林央敏詩）的憤慨，閣唱到「島嶼天光」，有野百合學運青年學生的熱誠，有懷舊的觀眾排甲長瓏瓏等欲看海角七號，有百萬人手牽手護台灣的信心，閣有絕食圍坐立法院的勇敢太陽花青年，您大聲唱「勇敢的台灣人」，「為著守護咱的夢」，「對抗欺負咱的人」，「一直到希望的光線，照著島嶼每一个人」[26]。愛蚵蓮人的國家觀念，佇南愛蚵蓮成立自由政府（1923），就已經匯集

---

[25] *Legitimacy, Meaning and Knowledge in the Making of Taiwanese Identity*, by Mark Harrison, p. 113, 197~200.
[26] 〈島嶼天光〉，作詞、作曲：楊大正。

成主流，台灣人的國家觀念。唯1987到今，猶是匯集細流，荸穎生湠，並無匯集成主流，解嚴後台灣現代化的重心，园跰政治佮經濟，一直無關懷語言佮文化，嘛忽略語言、文化的活力（vitality）才是台灣自由民主，台灣現代化的向望。

「海角七號」的電影，導演魏德聖對故事時間的安排佮故事主角的選擇，是新台灣人去除漢化釘根台灣真好的示例。海角七號的故事是唯日據時代演到現代化的台灣，情節攏是日據時代的追憶，佮現代化的台灣的記事，雖然時間的流程經由黨國殖民的時代，但是故事並無敘述任何黨國殖民時代的代誌，導演跳過這个時段，是欲去除漢化的有意安排；閣有，導演對故事的主角嘛有特別選擇，伊選的角色有原住民的警察、信奉長老教的青年、推銷酒的客人行銷員、彈月琴的漢族台灣老人，導演欲予觀眾看的，道是遮攏是典型的台灣人，新台灣人的文化道是遮典型的台灣人的文化。[27]

---

[27] *The Vitality of Taiwan*, edited by Steve Tsang ,5 The Impact of Film and the Performing Arts on Life in Taiwan, by Mark Harrison, p. 92~94.

16

　　台灣人會曉講台語佮日語雙語的人已經步入八、九十歲，閣過無幾冬恁道消聲啦，會曉講台語佮中語雙語的人嘛開始踏入老年啦，五十歲以下，會曉台語佮中語雙語的人愈來愈少，四十歲以下，台語中語雙語精通的人道真歹揣啦，恁無二二八事變的記憶，半暝仔紅車來掠人的白色恐怖嘛毋是恁的記憶，攏是風聲，恁接受的是全套的中語文教育，恁面對的是，中語文教育佮台灣人習性的內心爭戰，漢化佮台語思考「改過來改過去思想的聲音」。親像愛蚵蓮詩人胡賴円，伊內心不時道有英語佮愛蚵蓮語的爭戰，台語文學的詩人，作家應該嘛有這款心靈的經歷，我引用少年詩人李長青的台文詩〈批〉，做伙吟讀：

> 1.〈一張藏起來的批〉
> 你若無意中搜(tshiau)到這張
> 已經反黃的批，請你替我
> 斟酌看，看這個破碎
> 但是猶原充滿希望的世界，現此時
> 是毋是更加美麗
> ‥‥‥‥‥

這張……字已經淡薄仔

看袂清楚的批，你若已經收好勢

批紙內底白色沉默的筆劃

紅色寂寞的血，就會漸漸清

漸漸明，漸漸匯入

心海，數念的波浪

4.〈一張抑未寫完的批〉

日子是紙，恬恬袂曉講話

等待時間的

筆，共生活寫好勢

…………

日子的紙繼續恬恬仔

掀，生活的題目無底臆

有時陣……有時陣……

干焦(kan-na)聽到改過來改過去

思想的聲音。[28]

——2015.06.19崔根源寫。

刊佇2016.01、2016.04《台文戰線》雜誌第41、42期。

---

[28] 《風聲》，李長青著，P. 18~24。

參考的冊、雜誌、歌曲、電影

How the Irish Saved Civilization, by Thomas Cahill, 1995.

Ireland, by Richard Killeen, 2012.

Ireland, by Thomas Bartlett, 2010.

The Rising: Ireland: Easter 1916, by Fearghal McGarry, 2010.

Culture and Anarchy in Ireland, 1890~1939, by FSL Lyons, 1979.

Irish Classics, by Declan Kiberd, 2000.

Sean O' Ríordáin, Selected Poems, edited by Frank Sewell, 2014.

W B Yeats: A Life I: The Apprentice Image, by RF Foster, 1997.

WB Yeats: A Life: II: The Arch-Poet, by RF Foster, 2003.

The Most Dangerous Book, by Kevin Birmingham, 2014.

Modern Irish History, edited by D George Boyce and Alan O day, 1997.

《台語文學運動史論》，林央敏著，1996。

《泰源風雲高金郎著》，1991。

《以其自殺，不如殺敵》，黃石輝著，1931。

《一對袖扣》，胡民祥著，台文戰線36號，2014。

《江蕙演唱會》，DVD。

《海角七號》，電影，VCD。

Legitimacy, Meaning and Knowledge in the Making of Taiwanese Identity, by Mark Harrison, 2006.

The Vitality of Taiwan, edited by Steve Tsang, 2012.

Cultural Studies as Critical Theory, by Ben Agger, 1992.

國家圖書館出版品預行編目

蓮花化心 / 崔根源著. -- 臺北市：致出版，
2018.09
　　面；　公分
　　ISBN 978-986-96827-0-1(平裝)

863.57　　　　　　　　　　107013075

蓮花化心

作　　　者／崔根源
出版策劃／致出版
製作銷售／秀威資訊科技股份有限公司
　　　　　114 台北市內湖區瑞光路76巷69號2樓
　　　　　電話：+886-2-2796-3638
　　　　　傳真：+886-2-2796-1377
網路訂購／秀威書店：https://store.showwe.tw
　　　　　博客來網路書店：http://www.books.com.tw
　　　　　三民網路書店：http://www.m.sanmin.com.tw
　　　　　金石堂網路書店：http://www.kingstone.com.tw
　　　　　讀冊生活：http://www.taaze.tw
贊助單位／火金姑台語文學基金

出版日期／2018年9月　　　定價／220元

致 出 版　　　　　　　　　　　　向出版者致敬